Och lövet från den gamla eken svarade...

Noveller, berättelser och en och annan dikt

Karin Eberhardt Grönvall

Till minne av Richard

Förord

Otaliga novelltävlingar har jag skickat in bidrag till. Aldrig vunnit. Ändå – jag tycker att jag har något att säga med mina noveller och berättelser, så därför har jag samlat en del av dem i den här boken. De är skrivna under olika skeden i livet, och jag tror det finns en hel del igenkänningsfaktorer i de flesta.

Att få sina noveller antagna till antologier känns naturligtvis hedrande, men jag har upptäckt att de flesta som sett antologierna blivit besvikna när jag förklarat att jag bara skrivit en av novellerna. Därför – här kommer en samling där jag skrivit allt själv!

Skillinge i oktober 2018

Karin Eberhardt Grönvall

Innehåll

Och lövet från den gamla eken svarade ...

Doft av sågspån, smak av syrliga regnbågskarameller. Femåringen sitter på vedtraven och följer med blicken andäktigt yxans vassa egg mot björkstammen. Ljudet när stammen klyvs, en gång, två gånger. Vedträna i en hög vid sidan av huggkubben.

Den gamle mannen torkar svetten ur pannan, sträcker mödosamt ryggen och ler mot flickan. En frågande blick mot prasselpåsen på hyllan uppe vid vedbodtaket. Hon nickar ivrigt. En karamell till! Hon suger länge på den, säger ingenting, och han pratar inte heller i onödan. Tycker bara om att ha flickungen där, och tänker med ett sting av smärta att det kunde ha varit hans. Nu blev det inte så. För att döva sorgen efter den uteblivna barnaskaran hade de tagit till sig sommarbarnen, som kom från Göteborg och ibland till och med från Tyskland. Berlinbarnen ... som de hade njutit av att se de bleka stadsbarnen hoppa i hölassen, trä smultron på vingliga strån.

Med en djup suck skruvar han locket av ståltermosen, häller upp av det ångande svarta kaffet i locket. Tar fram det blommiga tefatet, häller försiktigt av den varma drycken på fatet, stoppar en sockerbit i munnen och sörplar njutningsfullt i sig kaffet. Fatet balanserar på tre fingrar, och flickan betraktar honom storögt. Så gör aldrig mamma, men så här är det nog det ska vara. För så gör farbror Andersson.

Med hoppsasteg försvinner hon bortom vinbärsbuskarna, den kära tösen som kommit att bli en vän han saknar de dagar hon inte kommer. Den enda han vågar tro på, en femårig flickunge som sitter på trebenspallen i hörnet av vedbon och tittar på. De pratar sällan. Ibland har hon med sig en skamfilad rödmålad dockvagn och bäddar omsorgsfullt ner den slitna enörade nallen. Hon håller på med sitt medan han fortsätter hugga sin ved. Men hon är där. Och regnbågskaramellerna är viktiga. Hon ber aldrig om något, men han vet att hon vill ha, och hon gör inte som grannens pojkar – kommer och ber om karameller och försvinner så fort de stoppat dem i munnen. Nej, flickan vill vara hos honom. Varför vet han inte, och det är inte viktigt. Kanske för att de är vänner. Femåringen och den gamle.

Ibland frågar han sig själv varför han fortsätter hugga ved. Ingen tvingar honom, men han

vet förstås att skolläraren gärna tänder brasan
i öppna spisen om kvällarna. Och varför inte?
Sedan hustrun tynade bort i kräfta för några
år sedan har han inte mycket annat att göra.
Upp i ottan som vanligt – vanor bryter man
inte så lätt – och tända eld i vedspisen, sätta
på kaffejohanna, skära tjocka skivor av limpan
han köpt nere i lanthandeln, och med blicken
förlorad genom köksfönstret mot skogsbrynet
njuta medvurstsmörgåsen till det heta kaffet.
Småprat med den spinnande kattan – nog är
det väl kättlingar på väg? Hon är lite rund om
magen, så visst kan det vara så. Han har skaf-
fat sig en sån där transistorradio som går på
batterier, och efter kaffet lyssnar han på ny-
heter och ett och annat program som intresse-
rar honom.

Han behöver ingen klocka, någon tid att
passa har han inte, så när det känns klart
därhemma tar han cykeln nerför knastrande
grusvägar mot byn och skollärarbostaden. Den
ligger alldeles intill den gamla byskolan, och
bakom vinbärsbuskarna längst ner i trädgår-
den ställer han cykeln ifrån sig och börjar sitt
dagsverke. Det finns alltid ved att hugga, och
han tycker om att känna att än duger han nå-
got till.

Då kommer hon skuttande, skollärarens

yngsta, femåringen med de ljusa lockarna, de blåklintsblå ögonen och det pärlande skrattet. På hyllan uppe vid taket förvarar han pipan, paketet med Greve Hamilton-tobaken bredvid påsen med regnbågskarameller. När lusten faller på sätter han sig på bänken utanför vedbon och stoppar pipan, tänder den och njuter blossande. Flickungen brukar vifta bort röken, och så skrattar hon. Skrattet han bär med sig hem, skrattet han behöver när tomheten överfaller honom på kvällen. Ensamheten efter hustrun är svår att bemästra men den kommer han inte från.

När han stängt dörren till vedbon på eftermiddagen tar han alltid en tur till kyrkogården innan han går hem. Plockar bort lite ogräs, vänder på blomkrukan så att pelargonernas rosa blommor vänds mot honom. Han sätter sig en stund på pallen, som han gömt bakom gravstenen.

"Ja, du Elin. Dagarna går. När det lider kommer jag, men du vet hur det är – jag kan inte säga när det blir. Snart, tror jag."

Och sedan vet han inte mer. Vad finns att säga? Hon har gått och så är det. Ingenting mer med det, men det känns så tomt och ensamt. Mer än femtio år tillsammans hade de fått, och så kom den där sjukdomen som tog

henne. Han gråter inte, tårarna har tagit slut
och fanns egentligen knappast. En karl gråter
inte, sörjer bara. Bara.

Med en djup suck reser han sig upp, fäller
ihop pallen och ställer tillbaka den bakom
gravstenen. Då ser han att han inte är ensam.
På andra sidan gången står en kvinna han inte
känner igen. Hon står med ryggen åt honom
framför en ny grav, där de vissnande kran-
sarna snart kommer att tas bort av kyrkvakt-
mästaren. Ett enkelt träkors i väntan på grav-
sten.

Han kommer sig inte för att gå, står kvar
och tänker att han kanske borde säga något.
Göra något. Hon ser så övergiven ut. Så vänder
hon sig om, ser honom och nickar med ett le-
ende. Något säger honom att han borde gå
fram till henne, prata med henne. Han tvekar.
Skulle hon ta illa upp? Vill kanske sörja i fred,
men han vet hur det är. Tror han. Själv kände
han vanmakten ta tag i honom när alla vände
honom ryggen efter Elins död. Som om döden
skulle smitta om de kom honom för nära. Som
om de tänkte att han vill nog vara ensam, vill
nog inte bli störd. Och som han hade längtat
efter någon som ... Ja vad? Som skulle ha frå-
gat hur han mådde, som kunde ha bett honom
komma in på en kopp kaffe, som vad som helst

bara de hade frågat.

Den gamle tar några tveksamma steg åt kvinnans håll, harklar sig.

"Jo, tänkte bara ... god dag!" och så tystnar han. Hon möter hans blick, och han ser att hon är ung, skulle kunna ha varit hans dotter. Om han hade haft någon.

"God dag!" hon ler och sträcker fram handen till hälsning. Han tar den, bockar och tystnar.

"Det regnar inte i alla fall," säger han och känner sig dum. Det ser hon väl. Att det inte regnar. Men vad skulle han säga? Vad säger man till någon som står vid en grav så ny att blommorna knappt hunnit vissna och bara ett enkelt träkors visar platsen?

Hon vänder blicken uppåt, som om hon vill se om det stämmer.

"Nej, i dag regnar det inte."

De står tysta i vad som känns som en oändlighet. Han tänker att hon är vacker, nästan lik Elin i hennes ungdomsår, och att han gärna kunde tänka sig sitta ner på en bänk och småprata med henne en stund. Om hon vill. Och det är som om hon läser hans tankar.

"Har du bråttom? Eller har du tid att sitta en stund?" Hon pekar på parkbänken under den gamla eken bakom gravstenarna och till hans förvåning tar hon hans hand och drar

med honom dit. De slår sig ner och hon börjar
berätta. Mannen, som hon begravt för några
dagar sedan, hade varit hennes följeslagare
bara de senaste åren. Hon uttrycker sig så,
'följeslagare', och han smakar på ordet och
tycker om det. Någon som slår följe med en.
Bara så.

Den unga kvinnan hade haft flera män i sitt
liv – kanske är hon ändå inte så ung som han
först trott. Det var först när hon hade mött ho-
nom, den siste mannen, som hon förstått vad
det var att dela livet med någon. De hade varit
tillsammans dag och natt, hade känt behovet
av varandra så starkt att de inte hade kunnat
annat. Han hade varit yngre än hon men känts
äldre. Själv är hon nästan färdiglevd, säger
hon. Vad nu det kan betyda.

"Jag hade en kvinna i mitt liv som jag äls-
kade", berättar den gamle, "men hon gick före
mig." Han nickar åt gravstenen där han nyss
har ansat rabatten och vänt på pelargonerna.

Tystnaden mellan dem ligger som ett mjukt
skyddande täcke över deras sorg. Och båda
tänker att det finns liv kvar. Den älskade kvin-
nan och följeslagaren är borta, men den gamle
mannen och den ganska unga kvinnan sitter
här på en bänk och delar tankar.

"Om jag skulle vilja ha en ny följeslagare,
någon som skulle vara villig att följa mig dit jag
går nu, skulle det kunna vara du?"

Han upphör nästan att andas, har han hört
rätt? Är det honom hon menar? Är det honom
hon vill något? Blodet dunkar i tinningarna
och allt kommer över honom. Elin. Som han
hade älskat varmt och innerligt så länge hon
levde, och älska henne ska han göra livet ut.
Men att bli någons följeslagare, skulle det vara
så fel? Skulle det kännas som ett svek mot
henne som han älskat? Eller skulle hon önskat
honom någon så att livet inte blev så förtvivlat
ensamt? Han har besöken av flickungen, något
han inte vill vara utan, men sedan? Alla dessa
tankar.

Den unga kvinnans ögon är mörkt blå, näs-
tan svarta som den djupa tjärnen inne i sko-
gen, dit han ofta går för dofternas skull. Han
söker svaret i hennes blick, och i samma ögon-
blick känner han att något nuddar hans kind.
Ett löv från eken singlar ner mot marken och
genast står det klart för honom. Det är Elin
som smeker hans kind och då vet han.

"Om du vill ha en ny följeslagare? Ja, nog
skulle det kunna vara jag."

Björnen

Som en vågrörelse över landskapet, genom
trädtopparna, drar vinden från Norge inåt lan-
det. Solen glimtar till då och då genom flyende
skyar. Ett böljande färgspel i palettens alla
gröna toner.... En fjälltjärn långt där borta,
som ett vakande blåsvart öga.

Bortanför tjärnen ligger fäbodarna. Man
måste parkera bilen några kilometer därifrån.
Träsnidade skyltar med ristad ren och kilome-
terangivelse visar vägen. Vissa sträckor på
breda plankor över de sankaste ställena, andra
tuvhopp mellan renspillning och dvärgbjörk.
Sista biten hårdtrampad torr stig med grön-
skimrande stensplitter från närbelägen ned-
lagd gruva.

"Men visst är det björnspår!" Jag inspekterar
oroligt de stora tassavtrycken på marken fram-
för oss. Ser framför mig det stora djuret, tungt
lufsande alldeles i närheten. Kanske björnen
till och med ser på oss nu med sina plirande
små ögon, dold bakom den stora stenen allde-
les vid sidan. Vad tänker han? Undrar vad vi
är för ena konstiga varelser.

"Äh, björnar finns det väl inte här!" Mannen
som följer mig låter nästan irriterad. Vi har

vandrat i flera timmar. Nu är han trött på fjäll-
turen som jag övertalat honom till. Och så har
jag mage att klaga. Som han uppfattar det. Jag
undrar bara, vill inte möta det som känns som
ett hot. Men björnen är nog inte det största ho-
tet. Inte i mitt liv, inte nu.

Det kostar tjugo kronor att passera grinden.

Den gamla kvinnan har fyllt grytan med get-
mjölk. Elden brinner stadigt, och hon rör ryt-
miskt. Hela tiden. Tankarna någon annan-
stans. Nere i samhället. Som vanligt hade hon
flyttat hit upp i slutet av maj. Nu hade man
passerat midsommar. Halva sommaren hade
gått. Halva kvar. Hon tänker på honom, han
som är kvar nere i byn. Det är första somma-
ren han inte är med. Hjärnblödningen i vintras
hade förlamat honom, tagit talet från honom.
Det kändes inte rätt att komma hit ensam,
utan honom. Saknaden efter honom ligger som
en ständig värk i bröstet på henne. Hon hade
först tänkt stanna hos honom, men sonhust-
run hade övertalat henne.

"Snälla! Det är bara du som kan. Vi får inget
messmör utan dej!"

Och visst ville hon. En sommar utan fäbon
hade hon aldrig upplevt. Så svårt att tänka sig.
Men så hade hjärnblödningen kommit. Han
hade fått plats på hemmet, och flickorna där

tog nog väl hand om honom, men … Hans blick, hans tysta smärta finns med henne dag och natt.

"Björnen gick förbi tjärnen i morse."

Så skulle han sagt. Eller:

"Nu blommar hjortronmyren."

Hon tittar ut genom det lilla fönstret. Ser Mittåkläppen resa sig långt där borta.

Vi, som just kommit in i den låga stugan, bryter tystnaden.

"Vi kommer just från fjället."

Hon ler mot oss.

"Dom brukar gå dit upp. Turisterna."

"Ja, vilken utsikt! Vidderna, tystnaden, så obeskrivligt…"

Och jag känner friden lägga sig som ett mjukt täcke över oron som hotar där under, oron över livet jag hade önskat men som kanske ändå inte är.

Fripassageraren

En av de första dagarna i juli slutade Brunos
hjärta slå. Inte bara så där. Det fanns natur-
ligtvis en orsak även om det inte var väntat.
Han hade fyllt trettiotvå i maj samma år. Utåt
sett fanns egentligen inget som gjorde att
dödsfallet kunde betecknas som väntat. Åt-
minstone inte så. Ändå skedde det.

Tidigt en morgon innan byn hade vaknat –
han hade tillbringat natten hos Saskia, hans
mor, i Skillinge – hade han smugit ut utan att
väcka henne. Han kom inte tillbaka.

Bruno var komplicerad, åtminstone enligt
Saskia. Han hade tidigt visat tecken på ett
mörker inom sig som hon inte förstod. De-
pressionerna hade avlöst varandra. Däremel-
lan hade han rent maniskt farit omkring och
påbörjat det ena projektet efter det andra. Det
mesta hade runnit ut i sanden, ingenting av-
slutades, och efter mödosamt genomförd stu-
dentexamen hade han slutligen fått diagnosen
mano-depressiv. Medicinering hade gjort hans
liv drägligt, även om han till moderns sorg bli-
vit avtrubbad och lite slö. Ändå. Saskia, som
mer eller mindre levde för den ende sonen och
hans välbefinnande, hade ändå tyckt det var

bäst så. Det hade fått henne att våga släppa
efter och låta honom alltmer forma sitt eget liv.
Själv hade hon engagerat sig i volontärarbete
för Röda Korset och på senare tid också tagit
del i arbetet med att hjälpa nyanlända flyk-
tingar, som fått en fristad i flera orter på Ös-
terlen.

Den här morgonen kom Bruno alltså inte till-
baka. Kaffet kallnade på frukostbordet, brödet
torkade och apelsinjuicen separerade. När han
inte kom hade Saskia oroligt tagit sig ner till
stranden. Han brukade sitta på bänken vid
badbryggan och meditera. Eller vad det nu var
han gjorde. I vilket fall hade hon flera morgnar
den senaste tiden funnit honom sitta där och
stirra ut över vattnet bort mot konturerna av
Bornholm. När hon försiktigt närmat sig och
frågat om han inte ville komma hem och äta
frukost, hade han först inte reagerat. När han
så vände sig mot henne, var han inte där. Kvar
i sina tankar, dit hon inte nådde. Men han
hade följt med henne hem och efter en stund
varit som vanligt.

Den här morgonen kom han inte tillbaka och
satt inte heller på bänken vid stranden.

Saskia hade fortsatt utmed stranden bort
mot Norrekås och Mälarhusen, men han syn-
tes inte till. Ingen av hundägarna hon mötte

hade heller sett honom. När hon kom tillbaka till det lilla huset vid Strandvägen satt hon länge med telefonen i handen, visste inte vad hon skulle göra. Något var uppenbarligen fel. Mycket fel. Hon rös till trots solvärmen och kände kylan sprida sig inom henne.

När skymningen lade sig och Bruno inte synts till slog hon numret till polisen. Det var bara hans psykiska diagnos som till slut fick dem att gå med på att ta sig till Skillinge. Att en vuxen man varit försvunnen en dag var väl inget att bli upprörd över, hade de först sagt, men Saskia hade stått på sig. Bruno skulle aldrig ha gett sig av någonstans så länge utan att säga något till henne. Det visste hon alldeles säkert. Så polisen kom, men visste inte vad hon väntade sig att de kunde göra. Det enda hon visste var att han lämnat sin kammare på övervåningen tidigt på morgonen utan att ta med sig vare sig telefon eller plånbok. Badbyxorna saknades. Hade han tagit sig ett dopp från badbryggan trots att det knappast var mer än sjutton grader i vattnet? Eller hade pålandsvinden höjt badtemperaturen.....

Sjöräddningen gick ut och sökte, men det dröjde ett par veckor innan kroppen hittades.

Saskia satt varje morgon på bänken vid badbryggan och såg ut över vattnet. Bruno hade

varit en god simmare, men ändå hade han
drunknat. Obegripligt. Så tog hon äntligen sig
för att gå igenom vad som fanns i hans rum,
rummet som först varit barnkammare och se-
dan fortsatt att vara hans. Så ofta han ville.
Och då såg hon det hon borde ha sett tidigare,
det vita kuvertet på skrivbordet. Kanske var
det självbevarelsedriften som fått henne att
inte se det tidigare. Att inte se det hon fruk-
tade. Avskedsbrevet.

”Mamma. Himlen är blå, havet ligger alldeles
stilla, men stillheten når mig inte. Jag får
ingen ro, och jag simmar aldrig mer. Bruno”
Bara det. Och med tårvåta kinder insåg hon
att han till slut gjort det hon alltid fruktat men
hoppats inte skulle ske. På något plan förstod
hon. Hon visste inte varför, men Bruno hade
varit den ensammaste människa hon någonsin
känt.

I avskedsbrevet låg instruktionerna för be-
gravningen. Hon hade med svårighet lyckats
genomföra allt han önskat. Det svåraste hade
varit kistan. Han hade någonstans läst om en
kista med gavel av glas, så att man kunde se
in i kistan. Och så att den avlidne liksom
skulle befinna sig på väg, inte bara innesluten
mellan väggarna i en kompakt kista. Det hade

lyckats henne att hitta ett snickeri, som på beställning tillverkade en enkel kista enligt Brunos önskemål. Musiken hade han överlåtit åt henne att bestämma, det viktiga var kistan. Och platsen för själva akten.

Det dröjde ända till första veckan i augusti innan begravningen kunde ske. Skillinge kapell var fyllt till sista plats, och dörrarna till innergården hade öppnats så att de som inte fick plats i kapellet ändå skulle kunna känna sig delaktiga. Från havet kom doften av tång och omfamnade begravningsgästerna.

På första radens stolar inne i kapellet satt Saskia och den unga grannfrun, Ida, med sonen Oskar. Några släktingar hade hon knappast väntat sig skulle komma efter att hon brutit med alla i hemlandet när hon lämnade Italien som ogift, gravid ung kvinna när Bruno var på väg. Ingen kom heller. De som fyllde kapellet var byborna, som kände sitt deltagande med Saskia som alltför tidigt förlorat sin enda son.

När ingångsmusiken tonat bort och prästen började tala ryckte Oskar i Idas blus.

"Mamma, det rörde sig i kistan!" viskade han ivrigt.

Ida hyschade åt honom, men han fortsatte envist.

”Titta! Det är något som rör sig!”

Ida vände sig ner mot fyraåringen och viskade bestämt att han inte skulle hitta på. Ingenting kunde väl röra sig i en kista med en avliden man! Oskar knuffade trumpet på henne.

”Jag hittar inte på! Jag såg en liten ödla!”

Ida vände sig mot honom. Vad hade pojken sett? Var det möjligt? Hon vände blicken mot glasgaveln på kistan och såg först bara den vita svepningen, men så förstod hon vad Oskar menade. En liten salamander kröp sakta uppför glasväggen.

Innan ceremonin inleddes och alla begravningsgästerna strömmat in i kapellet hade begravningsentreprenören lyft på locket och låtit Saskia och de närmaste, vilka bara var Ida, Oskar och ett par andra grannar, ta farväl. Någon hade lagt ner en bukett i kistan och sedan hade locket skruvats på. Kunde det ha funnits en liten ödla med i buketten? Ida visste inte vad hon skulle göra. Öppna kistan igen kunde man väl ändå inte, mitt under begravningsakten. Nej, det var alldeles otänkbart! Så tänkte hon vemodigt, att kanske detta ändå var meningen. En liten salamander blev den som till slut i allra sista stund bröt den olycklige unge

mannens ensamhet och följde honom en bit på
vägen, vart det nu var den sista resan bar.

Konferensen

Den skimrande, solgula silkessjalen
filtrerar
i den heta middagsvinden
det nya livet
det gamla livet
livet jag inte visste
livet som smärtar
knivskarpt
brännande
obevekligt.

Flickan som tigger
sträcker inte ut handen.
Har den inte.
Barnen på trottoarens slitna stenläggning
under den tunnslitna grå filten
sover inte hemma
Finns inte.

I den låga vita byggnaden
dit vi skumpat
på stenig grusväg
sitter vi och de.

De ler vänligt
i sina vackra saris
serveras oss svalkande lassi
till smaklöksfrätande currygryta
skickar runt kvisten med doftande vita
blommor –
Varsågod!
Bryt av en blomma!
Begrav näsan och fly.
Men.
Glöm aldrig Puna!

Resan till Mexico

”Han heter Torbjörn. Efter pappa.” Hon log mot mig och böjde sig ner över den lille i vagnen så att hennes långa ljusa hår dolde honom. Själv hette hon Ingrid hade hon alldeles nyss berättat, och utöver den lille i vagnen hade hon en son på nio år, Kalle. Han balanserade överst på klätterställningen med en dajmstrut i ena handen, obekymrad om den oro han eventuellt kunde väcka hos sin mamma där han vinglade flera meter över marken. Och det med rätta – hon såg honom inte, och det var kanske just vad hon borde göra. Låta honom upptäcka sina begränsningar på egen hand.

Vi satt på bänken vid sandlådan. Jag med en fyraåring, som oförtrutet öste sand i en blå hink, tömde den och upprepade det hela gång på gång. Hon med en baby på högst fem månader, sovande i en ljusblå liggvagn, blänkande av krom som vore den alldeles ny.

”Du kanske undrar”, fortsatte Ingrid, ”ja, jag menar du vet ju att jag bor ensam där uppe på trean. Du kanske undrar vem som är pappa till Torbjörn?”

Jag visste inte riktigt vad jag skulle svara. Ensam mamma var jag själv också, och aldrig

hade någon vid sandlådan undrat vem som var
Majas pappa.

Hon väntade inte på något svar.

"Det är en hemlighet, förstås. Du får ingenting säga!"

Hon väntade, och jag skakade på huvudet.
Nej, jag skulle ingenting säga. Då log hon igen.

"Det är Tor Isedal, som är far till Torbjörn!
Vi har inte velat säga det till någon. Av hänsyn
till hans familj. Inte just nu i alla fall, men
man vet ju aldrig vad som händer i framtiden
..."

Förbluffad, tvivlande, undrande – jag betraktade henne några sekunder under tystnad.

"Men Tor Isedal har ju varit död i minst tio
år, och Torbjörn ..."

Jag tittade på den lille i vagnen, lyfte blicken
men nådde henne inte. Det var som om hon
både var där och inte, och min kommentar
hade hon inte hört.

"Jo, så är det", fortsatte Ingrid med ett leende
inte avsett för någon annan, "det är från
Tor han har sina bruna ögon."

Hon lutade sig bakåt mot soffans ryggstöd,
körde vagnen sakta fram och tillbaka.

"Teotihuacán."

Nu visste jag inte hur jag skulle reagera.
Vad menade hon?

”Det är en gammal indiansk stad i Mexico.
Där finns den jättelika Solpyramiden.”

”Jaa?”

”Dit ska jag åka en dag. Kalle, Torbjörn och
jag. Tor kan nog inte följa med. Jag menar – så
länge ingen vet, så ...” Hon skrattade och det
formligen lyste om henne.

”Dit ska vi åka. Till Mexico!”

”Vad kul!” Jag kunde inte hitta något bättre
att svara henne. Mexico! Oändliga mil och tio-
tusentals kronor härifrån. Hur skulle hon? En-
samstående mamma med två barn. Det var
som om hon hade läst mina tankar.

”Ja, vi ska inte åka i år. Du förstår, själva
resan kostar nog tiotusen för oss tre, och se-
dan ska vi ha hotellrum och mat och kunna
resa omkring och se lite av landet. Det blir sä-
kert en trettiotusen, skulle jag tro. Men jag
sparar. Jag började spara när Torbjörn föddes,
och jag har redan åttahundra på banken. Det
går framåt!”

Hon log mot mig, la handen på mitt knä. Jag
såg väl kanske orolig ut, rent av tvivlande.

”Oroa dig inte. Jag klarar det! Det tar bara
lite tid, men till Mexico ska vi. Och se den jät-
telika Solpyramiden. Det är något inom mig
som drar och säger att jag måste dit. Kanske
har det med Torbjörn att göra. Har du tänkt på

29

att Tor är så mörk och har så mörka ögon? Jag
tror att han har mexikanskt blod i ådrorna. I
vilket fall så ska vi dit."

Kalles glass var uppäten, Torbjörn började
gnälla och några regnstänk fläckade sandlå-
dan prickig. Vi gick hem, var och en till sig.

Jag såg aldrig Ingrid och hennes barn mer
på lekplatsen, och åren gick. En dag i maj
långt senare fick jag av en händelse syn på ett
bekant ansikte på Arlanda. Jag kunde först
inte placera det, men när jag mötte hennes
blick, såg jag att det var Ingrid. Hon kände inte
igen mig. Jag läste på tavlan med avgångar.
Hade hon äntligen sparat ihop till sin Mexico-
resa? Men där stor ingenting om Mexico.

"Resande med Fritidsresor till Lanzarote –
incheckning av bagage påbörjas nu vid disk
elva och tolv."

Och där stod hon, Ingrid med en tonårig
Kalle och tultande Torbjörn och drömmarna
om Mexico. Och hon log som vanligt och mötte
åter min blick, och nu tycktes hon känna igen
mig.

"Nu åker vi!" ropade hon och vinkade. "Nu
åker vi!"

Stenarna

Det blev inga stenar. Jag hade tänkt släta, jämna, ganska platta stenar, nästan vita. Plockade på stranden alldeles vid det för säsongen stängda rökeriet. Under överinseende av Ale Stenar högt däruppe, osynliga för mig på stranden, men ändå där.

Jag skulle känt den iskalla vinden från havet väta mitt ansikte. Och inga kor i slänten ovanför. Hur stor är kalven nu? Den som föddes minuterna innan jag klättrade stigen vid hagen. Den som var så nyfödd att navelsträngen ännu blödde från kon.

Det blev inga stenar. Regnet piskade hela dagen. I fårkätten trängdes Bäärnt, Ulla, Ullis och tre till. Gned sin feta toviga ull mot varandra. Bräkte upphetsat, klättrade på varandra när Folke kom med foder.

I andra ändan av lagården fågelhem. Sex mjuka silkeshönor, två kalkoner och en anka som trodde hon var kalkon. I mitten det vietnamesiska hängbuksvinet, snörvlande, frustande, bökande i sin halmhög.

Den mumifierade katten hade legat länge på loftet.

Vår

Skaren glittrar smältande
i blek februarisol
när vintern rinner bort.
Svart
står röllekan lik
vid vägkanten.
Men
längst nere
i dikesrenens sluttning
väcker vintergäcken
vår.

Spottar bäst som...

Skeden gör åttor i den svarta keramikmuggen,
till hälften fylld av ljummet kaffe. Om och om
igen. Inget socker att lösa upp, hon använder
aldrig socker. Varken i te eller kaffe. Rörelsen
mekanisk, rytmisk, meningslös. Det feta regn-
bågsskiktet på ytan bryts regelbundet av ske-
dens åttor. Nej, jag kan inte dricka det. Äckligt.
Tänker Ann-Margret och skjuter koppen ifrån
sig.

Irritationen stiger inom henne men hon vet
inte varför. Allt är som vanligt, bortsett från yr-
seln. En känsla av att allt gungar, som om till-
varon släppt förankringarna och håller på att
flyta iväg. Och hon famlar efter möjligheten att
ta tag i den innan allt försvinner.

Rummet vaggas som av en bedräglig vagg-
visa, tvångsmässigt nynnad av en frånvarande
mor och hon klamrar sig fast vid stolskar-
marna så att knogarna vitnar. Vågar inte röra
sig, sitter blick stilla. Hör posten trilla ner på
hallmattan men sitter kvar. Det kommer aldrig
några brev till henne. Bara reklam.

Från vardagsrummet hörs lunchekots di-
stinkta signatursignal. Radion har stått på i
timmar men så lågt att hon inte uppfattat vad

som sagts. Ljudet är bara ett tryggt mummel
av röster. Som om någon var där. Som om hon
inte var ensam.

Nu 15.00-nyheterna och hon sitter fortfarande kvar. Kroppen så tung, lemmar som börjar kännas stela och ömma. Det stelnade, utdragna ögonblicket bryts av att hon måste gå och kissa. Inkontinensen tvingar henne, eftersom det känns så pinsamt, så hjälplöst att låta urinen rinna ner över köksstolens slitna ben och väta ner den solkiga trasmattan. Så hon hasar ut i badrummet och gör vad hon ska. Sköljer hastigt av händerna under det iskalla vattenflödet, torkar dem halvtorra ... och vet inte vad hon ska göra, vart hon ska gå. Står bara obeslutsam på tröskeln mellan hall och badrum och tvekar. Mellan dvala och verklighet. En plågsam tvekan och hon gör det enda hon kan – låter sin kropp sjunka ner på det kalla hallgolvet, och så kommer tårarna. Utan att veta varför gråter hon, först stilla sedan hulkande tills tårarna tar slut.

Hon reser sig mödosamt upp tar tag i hallbordet och häver sin tunga kropp upp i osäkert stående. Hur länge har hon legat? Somnade hon? På köksbordet står kaffekoppen kvar, ouppdrucken. Kaffet iskallt.

I den ostädade, moderna och centralt be-
lägna ettan, som är hennes hem, sitter hon
åter vid köksbordet och ser hur grannen tvärs
över gården plockar in solparasollen från bal-
kongen. Hennes balkong finns inte. En djup
suck och det eviga mantrat sjunger i hennes
huvud. Levandegöra livet, levandegöra livet, le-
vandegöra... få liv i det som bara är.

Jag sover inte så bra om nätterna längre,
konstaterar hon tyst för sig själv. Visst somnar
hon. Släcker lampan, kryper ihop under det
gula sidentäcket, sluter ögonen och inom
högst tio minuter är hennes andhämtning den
lugna hos en sovande. Tills hon måste kissa.
Eller vaknar av något annat. Kanske ett ljud
från grannen ovanför, kanske ett ljud inom
henne. De eviga vallningarna sköljer svetten
över henne och tvingar henne att öppna fönst-
ret på vid gavel. Någonstans värker det, men
hon vet inte riktigt var. Tar en panodil för sä-
kerhets skull. Sedan ner i sängvärmen som
inte längre känns skön, bara fadd och kväl-
jande. Så kommer slutligen morgonen och med
värkande ömma leder kämpar hon sig upp och
sitter kvar på sängkanten. Länge.

Livet är inte mycket att ha, tänker hon, men
det är som det är. Hon tänker, att hon kommer
att bli tokig om inte någon snart ser henne och

talar till henne. Egentligen har hon väl inga
kontaktsvårigheter. Om det fanns någon att ta
kontakt med. Hon kan visst tala – det är dess-
utom säkrare än att skriva. Det skrivna lyser
som eld, anklagande, men det talade kan troll-
las bort med andra ord, ord som lägger dimri-
dåer över det som inte skulle ha sagts.

Hon tänder inte en cigarrett, eftersom hon
inte röker. Hon öppnar inte en flaska rött eller
hämtar en kall öl ur kylskåpet eller häller upp
en whisky åt sig. Nej, hon känner ingen lust
till dessa drycker. De kan inte ge henne tröst
eller vad det nu är hon söker. Hon tar fram ett
oöppnat Digestive-paket ur skafferiet. Lägger
en hög med sex, sju – nej tio kex framför sig.
Svaret på hennes längtan just nu. Måste ha,
och munnen fylls av den välbekanta smaken
som bäddar in smaklökarna i en salig vällust-
känsla som mildrar smärtan tillfälligt. Smär-
tan som trots allt ligger kvar som en vass ton
under de ljuvliga mjukfrasiga kexen. Hon har
knappt svalt det första förrän hon stoppar
nästa in i munnen. Munhålan hela tiden så
full att den bedövande effekten finns där. Fyll-
ler tomheten och ensamheten som ändå finns
kvar.

Allt som återstår av kexpaketet är det sön-
derrivna pappret, som hon gömmer under

mjölkpaketet i sophinken. För att undanröja spåren – för vem? För sig själv? Efterätandekänslan har övergått från behaglig domning till diffusa magsmärtor. Som vanligt. I samma takt som magkrampen tilltar ökar ångesten. Gode Gud! Nu igen! Jag eländiga, värdelösa människa, tänker hon och vanmakt över att inte själv kunna kontrollera sig fyller henne. Och den djupa smärtan över tvånget att äta utan att vilja det. I fåfäng tro att det på något sätt skulle kunna döva själssmärtan. Men ingenting dövar. Ångesten blir bara starkare och självföraktet fyller henne.

Livet är en absurd teaterpjäs, mitt liv, tänker hon. Olyckligtvis har jag inte tilldelats någon roll i denna uppsättning. Inte ens en statistroll. Jag är bara åskådare, på en halvbra plats längst bak i salongen. En annan människa spelar den roll jag skulle ha haft. Hon kan inte låta bli att le åt sina tankar, trots att det egentligen är ganska sorgligt. Men sant. I den slutna kokongen som ettan i Hagsätra utgör, sitter hetsätaren som inte kan kräkas. Och som inte fått någon roll i sitt eget livs absurda teaterpjäs.

Kroppen så tung. Hur länge? Är detta mitt liv? Sucken så djup men så ser hon plötsligt ett vitt papper på golvet. Med möda reser hon

sig upp, hasar fram mot det vita och tar upp
det. "Välkommen till gårdsfest på lördag! Ta
med något att äta och dricka – Pelle på tredje
våning har lovat stå för underhållningen!" Hon
fnyser, vänder på pappret – det är allt som står
där. "Gårdsfest!" För alla? Fast hon hade fak-
tiskt fått inbjudan hon också, om detta nu var
en inbjudan ... Jag inbjuden. Jag känner ju
ingen här, tänker hon, men kanske ändå. Ska
hon våga sig dit? Exponera sig för de andra i
huset. Det är så det känns. Som att hon skulle
exponera sig. Visa sig i all sin ynklighet. Men
de hade gjort sig omaket att lägga en inbjudan
i hennes brevinkast också. Kanske.

Med största tänkbara kraftansträngning tar
hon på sig kappan, knyter en sjalett om huvu-
det och sticker fötterna i de slitna promenads-
korna. Hon låser dörren efter sig, tar trappan
ner till gatuplanet och bländas av kvällssolen
som står lågt. Så nära husväggarna som möj-
ligt går hon, huvudet nedböjt. En tygkasse i
handen. Utanför ICA-butiken stannar hon till,
tvekar. En ung kvinna i kort-kort och åtsit-
tande skinnjacka fimpar en cigarrett, trampar
på den, plockar bort en tobaksflaga från un-
derläppen. En hastig blick på kvinnan med
tygkassen, så spottar hon. Jag är inte värd
mer än en spottloska tänker Greta, vänder sig

hastigt om, men tvärstannar. Om jag ska börja leva nu, ska det fan i mej inte vara som ett kryp man spottar på! Och så spottar hon så att det stänker på den unga kvinnans röda boots, rätar på ryggen och går in i butiken.

Gårdsfest på lördag. Ett svagt leende, hon rätar försiktigt på ryggen. Ja, gårdsfest på lördag!

Al var aldrig nykter

Al var aldrig nykter. Inte som jag såg i alla fall.
Nykterhet var i och för sig inte så vanligt i El
Terreno. De flesta flöt bara omkring som i en
behaglig dimma. Log ständigt. Till synes lyck-
liga. Som i ett bedrägligt Shangri-La. Men Al.
Han var alltid på gränsen till redlöshet. Alltid.

Tvärs över Plaza Gomila, längst ner i den
korta återvändsgränden låg alla nätters mål.
El Rodeo. Innestället innan "inne" fanns. För
detta var i slutet av 60-talet i februari då turis-
terna ännu inte kommit till Mallorca. Palma
och i synnerhet El Terreno var vårt, och vi – ja
det var den nordiska guidekursen (vi var där
på åtta veckor, många bara för att få en billig
långsemester men vissa för att de faktiskt
trodde på en framtid som reseledare på Mal-
lorca) – de värnpliktiga från den amerikanska
radarstationen på öns högsta berg, Puig
Mayor, och ett antal udda existenser som över-
vintrat efter sommarens orgier.

El Rodeo var inrymt i källaren av ett gatu-
kafé av den finare sorten. Trappan var smal,
mörk och krokig. Längst ner mynnade den ut i
en förmodligen ganska enkel lokal med en bar-
disk och ett dansgolv omgivet av soffor och

bord. Enkelt eller inte – väl nere omslöts man av ett varmt, rött dunkel som skulle ha fått vad som helst att se inbjudande ut.

Al satt vid bordet längst in till vänster. Alltid. Satt där och log utan att leendet nådde ögonen med ett ständigt fyllt glas framför sig. Aldrig ensam – de andra killarna från Puig Mayor satt där också. Han var en i gänget men på sitt sätt. Delaktig men ändå inte. Alla var måna om att han alltid skulle vara med, men jag såg mycket sällan någon prata med honom. Han var som något slags husdjur, en hund kanske, som de andra alltid ville ha omkring sig. Eller kanske en mascot.

Men jag brydde mig inte om det. Tänkte egentligen aldrig på det då. Han bara var. Precis som alla andra där. Som ett slags rekvisita, kuliss till ett teaterstycke vars scenograf var okänd.

En Cuba Libre i baren. Och innan jag ens hunnit föra sugröret till munnen kände jag en hand på min axel. Han, den där snygge negern som jag sett tidigare på dagen nere på stan. Jag hade aldrig sett honom här. Och vi shakade inte utan dansade nära intill. Eller rörde oss rytmiskt. Han sa något lustigt eller kanske en komplimang, log och strök lätt ett finger

över min kind. Jag uppfattade inte orden men
log och nickade.

Tillbaka vid bardisken dröjde han sig kvar.
Han, som nu stod vid mitt glas, hade jag inte
heller sett på El Rodeo, men han hörde till
gänget omkring Al. Fick jag veta senare. Också
att han hette Larry E Elliott, var serietecknare,
son till en snickare i El Dorado, Arkansas,
USA, men kallades Junior. Nu tog han tag i
min arm, drog mig med upp på dansgolvet
utan att fråga. Irriterad tänkte jag säga något
när han förekom mig och bad om ursäkt.

"Du ska inte dansa med honom – han är
inte bra för dig!"

Lydigt följde jag med, dansade en dans eller
två men var fortfarande förbryllad. "Inte bra för
dig!" Hur kunde han veta vad eller vem som
var bra för mig? Vi hade ju aldrig träffats förut!
Var det ett klumpigt sätt att ragga? Eller hade
han något skäl att göra som han gjorde? Det
kanske inte ens var ett raggningsförsök. Han
kanske bara var snäll och räddade mig ur en
pinsam (farlig?) situation för att sedan "ställa
tillbaka" mig vid bardisken. (Det visade sig se-
nare att Junior väl kände till killen han räd-
dade mig från som aktiv i droghandeln, som
jag i min oskuld överhuvudtaget inte kände
till.)

Det var så jag träffade Junior, blev hopplöst
förälskad och introducerad i gänget från Puig.
Så här efteråt inser jag vidden av mötet med
honom. Det kom att bli min inträdesbiljett till
allt spännande, farligt och underbart i Palma
denna tidiga vår 1968, då de unga i övriga
Europa gjorde uppror mot allt de upplevde
som förtryck. Men jag levde sorglöst i den iso-
lerade såpbubblevärld som El Terreno utgjorde
på den tiden. Utan att ha en aning om stu-
dentkravaller och husockupationer.

Den kvällen hade jag gått till El Rodeo till-
sammans med Margareta, bilkårist från Par-
tille. Reseledarkursen hade inte börjat än. Jag
hade tagit en sista-minuten-resa för att
komma ner en vecka i förväg. Margareta blev
jag hoppusslad med av guiden när vi kom till
hotellet, och hon var helt okej. Vi gillade båda
att gå ut på kvällarna, och den här kvällen
hade hon träffat Flemming, en lång blond
dansk med ett utseende som påminde om Mar-
lon Brando.

När vi kom hem på småtimmarna berättade
hon andlöst att han var hemlig agent. Spion!
Nästa dag skulle han vidare till Barcelona på
uppdrag, och hon fick på inga villkor tala om
för någon att hon träffat honom i Palma. En

hemlighet på liv och död! Berättade Margareta
för mig innan vi fnissade oss till sömns.

En vecka senare åkte Margareta hem och
jag flyttade upp till Hotell Sayonara högst uppe
på kullen ovanför El Terreno. Jag kom en dag
före de övriga och fick dela rum med en av re-
seledarna, Lisa, och det var ingenting märk-
värdigt med det tills hon berättade att egentli-
gen hette hon Charlotte och var av adlig här-
komst. Varför hon var i Palma förstod jag inte
riktigt. Ville kanske göra en utflykt från sin
fina värld för att se hur vanliga människor
levde. Eller kanske lät det spännande med
Mallorca och ett "vanligt" jobb som reseledare
ett tag. Tills hon fick lust att vända tillbaka till
den trygga lyxtillvaron på något herresäte med
betjänter och egen ridhäst. Tänkte jag utan att
veta om hon kanske bara hade namnet men
var fattig som en kyrkråtta.

Bussarna från flygplatsen spydde ut ett
sjuttiotal för varmt klädda svenskar, norrmän,
danskar och en och annan finländare. De ki-
sade mot den bländande solen, tog valhänt
sina resväskor och följde som en skock får
tjänstgörande Lisa i uniform in till receptionen.
Jag betraktade dem i smyg, djupt nedsjunken i
en soffa bakom en plastpalm. Vem skulle dela

rum med mig? (Lisa hade samma morgon flyttat till en lägenhet, där hon skulle bo tillsammans med fyra andra reseledare.) Ingen, visade det sig. De som kom var jämnt antal, så jag fick behålla mitt rum för mig själv.

Ensam i El Terreno sätter man sig på kaféet på Plaza Gomila med en Martini Bianco och väntar. Efter en stund händer alltid någonting. Jag kände genast igen tre tjejer från Sayonara. Tydligen ömsesidigt eftersom de satte sig vid mitt bord. Ville veta "vad man gör i kväll". Och då fick jag för första gången användning av min "inträdesbiljett". Berättade om killarna på Puig, att de skulle komma ner till stan i kväll, att de brukade starta på The Local Bar och sist men inte minst att jag var tillsammans med en av dem. Jag kände genast att jag var med. Jag var med! Och förväntan spred sig i mina ådror, för vad skulle inte kunna hända tillsammans med Bibbi, Lena och Minty?

De var udda alla tre. Eller är det så att alla är udda? Att ingen är vanlig men att vi alla är mer eller mindre udda beroende på? Bibbi med kolsvart page, som inramade ett motsägelsefullt docksött ansikte. Motsägelsefullt eftersom blicken förmedlade mer smärta och resignation än man normalt väntade sig hos någon på drygt tjugo. Hade hon varit tjugo kilo lättare,

hade hon varit en perfekt fotomodell med sin
utstrålning, längd och hållning. Bredvid henne
Lena, liksom de båda andra från Göteborg,
med den mest utpräglade dialekt jag någonsin
hört. Blonderad, risig obestämd frisyr, oinspi-
rerad och överdriven ögonmakeup men med ett
ständigt leende, ofta avbrutet av frustande
skratt, som fick folk att le. Roat? Snarare över-
seende. Denna "dumma blondin" kunde väl
ingen ta på allvar? Att hon vid tjugoett års ål-
der tagit en fil kand i nordiska språk och teo-
retisk filosofi, och att hon dessutom ex-
traknäckade som kantor i Västra Frölunda – ja
det föreföll otroligt men var faktiskt sant.

Den tredje av dem var fullständigt otänkbar.
Minty var nästan hundraåttio centimeter lång
och vägde förmodligen minst nittio kilo. Stor
var vad jag tänkte när jag såg henne. Stor och
vacker med sitt midjelånga, svallande gyllen-
blonda hår och en perfekt lagd makeup. Det
var första gången jag såg någon använda lösö-
gonfransar till vardags, och fastän det syntes
så tydligt var det ingenting märkvärdigt med
det. De hörde liksom till hennes ansikte, dessa
långa svepande ögonfransar. Hon var klädd i
en plisserad kjol, som slutade på halva låret
och en blus av bomullsbatist med en urring-
ning som ... men på henne kändes den rätt.

Knähöga stövlar i tunn, röd mocka och tjocka,
berlockförsedda guldarmband i tunga rader på
båda armarna. Hon hette egentligen inte
Minty, men det blev hennes namn i El Terreno
på grund av hennes förkärlek för mintlikör.
Tills gänget från Puig döpte om henne till
"Baby Huge".

Kursen upptog hela dagarna, ibland också
kvällarna. Den danska guiden Gitte med blond
svinrygg, alltid med ett leende på läpparna
men ögon vassa och elaka som på en missan-
passad gris, tog oss runt på företagets alla ut-
flykter på ön. Jag antecknade febrilt varje ord
hon sa, eftersom jag hörde till dem som trodde
på en framtid som reseledare på Mallorca. Det
var bara ett knappt år sedan jag stått på Högre
Allmänna Läroverkets trappa med lättnaden
rinnande i mascarasvarta floder utmed kin-
derna efter de muntliga tentornas tortyr. Så
jag var van att underordna mig den allsmäk-
tige lärarens makt och gjorde naturligtvis allt
just så som Gitte och andra ofullkomliga gui-
der sa åt mig. Jag ville bli reseledare på Mal-
lorca.

De flesta kvällarna kom Junior och gänget
ner till El Terreno. Vi sågs alltid på The Local
Bar först. Al lullande leende i utkanten men
alltid där. Junior beskyddande, färglös och

egentligen ganska tråkig och med alldagligt ut-
seende. Men han var amerikan, och som sådan
spännande och – han var min! Jag vågade säl-
lan säga något. Log och var söt och anpassade
mig in absurdum. Och det räckte ett bra tag.

När Bibbi, Lena och Minty var med höjdes
stämningen många grader. Lena roade alla
med en humor, som för det mesta var omöjlig
att förstå för någon annan än den som varit i
Göteborg, men framförd på ett oemotståndligt
sätt. Själv roades hon mest av Armand, sko-
handelsbiträdet från Paris som övergått till att
göda turisterna med sötsliskiga bakelser i kon-
ditoriet som låg vägg i vägg med El Rodeo. Vad
som attraherade henne hos denne lönnfete,
tunnhårige och småsnåle fransman, gammal
nog att vara hennes far, begrep ingen men ac-
cepterade alla. Det var aldrig någon som ens
höjde ett ögonbryn. I El Terreno var det ab-
surda norm.

Minty älskade John från England som bara
hade ögon för Eva från Örebro med har-
lekinvitt ansikte och eyeliner *under* ögonen.
Mintys alkoholkonsumtion var bottenlös men
hon var egentligen aldrig riktigt full, förmodli-
gen tack vare sina kilon. Som på intet sätt
störde – de var tvärtom fördelade på ett sätt

som tog andan ur de flesta. Men hennes amasonframtoning skrämde dem från att närma sig, rädda för att bli uppslukade av all denna ymniga skönhet. Bara Al var aldrig rädd. I sin avskärmade såpbubbla log han oberört när hon överöste honom med eldiga kyssar, som falnade lika snabbt som de flammat upp. Men Minty hade någon idé om att göra John svartsjuk, så Al fick sin beskärda del av "kärlek" då och då. Han drack bara whisky. Och jag undrade många gånger över hur han lyckades se så proper ut i sin kortärmade nylonskjorta och välpressade gabardinbyxor, när de andra i gänget mest liknade småkillar i sina jeans och t-shirts.

Bibbi var den jag kände mest gemenskap med, gudarna vet varför. Vi var som natt och dag – hon starkt överviktig men med en ovanlig exotisk skönhet, jag så normal och grå och utan all utstrålning att jag sällan märktes. Men med samma komplex som Bibbi, även om det för min del knappast var befogat. Bantning var vad vi båda trodde var lösningen på alla problem. Så när Bibbi hittade Pillret på apoteket vid Plaza Gomila trodde vi vår lycka var gjord. Det blev Minilip morgon, middag, kväll med den följden att vi varken åt eller sov. Vilka narkotiska substanser dessa piller innehöll ville vi inte veta. Effekten – viktminskningen – var det enda vi brydde oss om.

Veckorna i Palma förflöt som en jämn ström av tidlösa dagar. Vi befann oss i en dröm som vi krampaktigt inbillade oss var verkligheten. Och den fick inte ta slut. Fick inte. Ingen av oss orkade tänka på det obönhörliga slutet, det att tvingas tillbaka till den vardag vi flytt från. Själv mindes jag med fasa åren av utfrysning och psykisk terror i gymnasiet. När det var över kände jag visserligen lättnad, men vad väntade? Tomhet och håglöshet. Förvirring inför en framtid som jag ingenting hoppades av. Att arbeta som reseledare långt borta ifrån alla plågoandar, att "kila stadigt" med någon. Det var upprättelsen jag klamrade mig fast vid. Fick inte ta slut. Fick inte.

Att de andra också var på flykt var troligt. Någon hade lämnat ett oönskat barn hos sina föräldrar, en annan hade fått sparken och flytt med lånade pengar, en tredje var på bristningsgränsen för att han inte vågade komma ut som homosexuell i småstadens inskränkta värld. Gänget från Puig hade med nöd och näppe klarat sig från att hamna i Vietnam. Och Al var aldrig nykter.

Guidekursen hade dessvärre ett slut, och de flesta tvingades lämna pseudolivet vid Plaza

Gomila. Inte jag. Och inte Junior, Al och de
andra. Åtminstone inte än. De hade ett år kvar
av tjänstgöringen på ön.

Resultatet av all min anpasslighet under
kursens gång blev en provanställning vid rese-
företaget, varför jag efter avslutad kurs hörde
till de lyckliga som fick kvittera ut en uniform,
två skjortor och en uniformsrock. Jag flyttades
från Sayonaras relativa lyx till ett litet ospecifi-
cerat hotellrum bakom katedralen inne i stan.
Hotellvärden grinig och sur för det mesta. Var
på mig som en hök – inte duscha mer än en
gång i veckan, inte ha tänt på rummet för
sent. Det blev för dyrt. Och värst av allt – för-
bjudet att tvätta på rummet. Med bara två
skjortor, trettiofem graders värme och krav på
att alltid se fräsch ut blev det en omöjlighet.
Tvätt i handfatet i smyg på småtimmarna,
muta till städerskan så hon inte skvallrade om
droppande skjortor.

Drömtillvaron som reseledare präglades av
rädslan att göra fel. Under mina två första må-
nader skickades fyra guider hem. Med avsked
på grått papper efter förseelser som att komma
för sent två gånger (inte mer än fem minuter)
eller att ha glömt uniformsrocken på transfer-
turen till flygplatsen. I trettiofem graders
värme.

Besvikelsen över att livet som reseledare inte innehöll ett uns av glamour utan bara var ett obegränsat utnyttjande av blåögda drömmar lindrades av kvällarna med Junior och gänget. Jag följde honom som en tyst och trogen cockerspaniel från The Local Bar till El Rodeo och hem till gängets hyrda lägenhet, där jag gav honom vad han ville ha och intalade mig att jag också ville. Jag längtade efter att han skulle säga att han älskade mig. Det var bara det som saknades. Bara det. Sedan skulle jag vara nöjd och fullkomligt lycklig. Det var jag säker på. Samtidigt närdes en aning av tvivel inom mig. Om han säger det. Om han verkligen gör det – vad händer då? En isande ilning av obehag. Det kanske inte räcker? Var min hunger efter kärlek överhuvudtaget möjlig att mätta? Jag skakade av mig obehagskänslan. Försökte men lyckades inte. Kanske ville jag inte att han skulle säga något. Av rädsla för sedan. Innan hade jag åtminstone något att längta efter.

”I love you!” Och det omöjliga har hänt. En kväll på väg från El Rodeo. För en gångs skull är vi ensamma, och nere på Paseo Maritimo alldeles utanför Ancora Bar säger han det. ”I love you.” Överrumplad och överväldigad ler jag tyst och låser in alla irrationella tvivel i mitt innersta rum. Och van vid omänsklig självbehärskning lyckas jag. Jag är inte rädd och känner inget tvivel. Lugnet sprider sig inom mig, värmen fyller mig och jag känner mig hel och accepterad. Någon älskar mig. Då fortsätter han.

"Jag vill inte bli kär, inte binda mig. Inte nu. Så jag vill inte fortsätta träffa dig. Du känner väl likadant? Inte vill du binda dig nu? Här?"

Jag stannar. Vajar några sekunder på kajkanten och ser på Junior, som jag trodde jag älskade, som var min oas, min räddning, i det inferno tillvaron i Palma blivit. Och han viker undan med blicken. Utan ett ord vänder jag mig om och går därifrån. Han står kvar. Försöker inte följa efter.

Planlöst går jag omkring, torrögd och förvirrad. Hittar inte ens den förlösande gråten. Försöker sortera tankarna och inse vad detta betyder för mitt liv här och mitt liv i allmänhet. Från El Rodeo strömmar musiken ut, och när jag trängt mig nerför spiraltrappan och in i det röda dunklet ser jag gänget från Puig längst in till vänster. Alla utom Junior. Jag sätter mig försiktigt ner längst ut på soffkanten och det är som om de inte märker att jag kommit dit

och jag säger eller gör ingenting för att de ska
se mig.

Något har hänt. De är för en gångs skull all-
varliga och John lutar huvudet i händerna,
vaggar fram och tillbaka. "Han föll för sitt
land," säger någon patetiskt. "Jävla krig!" sä-
ger en annan och jag förstår att det hänt, det
outtalade som ingen vill tänka på. Alla känner
någon, som värvats till Vietnam-kriget. Johns
bror. Det känns smått och futtigt men jag kan
inte hindra orden: "Junior has left me." Och i
den allmänt svarta stämningen sluts jag in. Vi
som sörjer.

Al är inte nykter. Och han ler inte längre.

Ett glas isvatten

Hon kylde kinden med det immiga glaset. Det
fanns inga sittplatser i serveringen. Som van-
ligt under pausen. Egentligen spelade det
ingen roll – sitta var det sista hon ville. Inte
ens i pausen. Visserligen hade orkestern läm-
nat scenen, men ur högtalarna strömmade Vi-
kingarna och Lotta Engbergs. Som vanligt un-
der pausen.

Hon drack isvattnet i små snabba klunkar.
Isvatten. Vatten med is i. Hon snurrade på gla-
set så att isbitarna dansade. Gnistrade till,
dansade, blev mindre och mindre. Förtvinade.
Försvann.

Det hade nästan gått ett år sedan hon bör-
jade gå hit. Nu var hon en av dem. En av dem,
som möttes av en igenkännande nick av
flickan i entrékassan. En egendomligt absurd
situation. "En av dem" och ändå kände hon
inte någon av de andra. Bara en av "dem som
får gå ensamma hem i kväll". Melodin ringde i
hennes huvud.

Det låg en viss trygghet i att veta, att hon
alltid skulle få dansa. "Vevaren" utan takt med
osäkra yviga gester, "målaren" med ett stadigt

grepp och ett, två ihop, ett, två ihop, "gotlänningen" med broderad sammetsväst – de var alltid där. Bjöd alltid upp. Varje gång kom åtminstone ett par okända också. Så nog fick hon dansa. Det var ju för att dansa hon gick dit.

På damtoaletten var det alltid kö. Hon betraktade sina konkurrenter i väntan på sin tur. Men egentligen såg hon dem inte alls. De intresserade henne inte. Paniken började välla upp inom henne, och med dörren låst bakom sig sjönk hon uppgivet ner på toalettstolen. Mascaran gjorde svarta spår i glitterpudret och hon bet ihop för att inte hulka. Varje gång likadant. Ändå gav hon inte upp.

Någon ryckte i dörren. "Skit samma!" tänkte hon. "Jag har *behov*. Jag *behöver* faktiskt sitta här inne en stund!" I spegeln mötte hon bilden av djupaste förtvivlan. Hennes ögon brann som stenkolsbitar och pudret tycktes ha bleknat. Spåren runt ögonen fick henne att tänka på en tavla hon sett i en bok någonstans. En varelse som inte var något annat än yttersta förtvivlans rop. På en bro. "Det är jag!" tänkte hon och med darrande händer försökte hon återställa dansmasken. Ingen fick ana. Ingen fick se *henne*.

Utanför de stora panoramafönstren lyste stadens ljus på andra sidan vattnet. Nere vid kajen låg båtarna tätt som vanligt. En del var nog husbåtar. "Om man ändå bodde på en båt", tänkte hon, "och bara kunde lätta ankar när livet 'kändes färdigt' på en plats och dra vidare..."

Eva träffade Anders förra hösten – förlovade sig och flyttade ihop. Bibi och Lennart gifte sig i somras. Kristina och Hannele njuter av singellivet. Njuter av att förföra, dumpa och gå vidare.

"Bara jag." Kanske fanns det andra, som var lika missnöjda med sitt liv som hon. Men hon tvivlade. Det var lätt att få bilden av andra som kompetenta, målmedvetna människor som visste vilka liv de ville ha – och såg till att de fick det. Fast egentligen trodde hon inte riktigt på det heller. Hon var ju själv rätt bra på att spela rollen av "lycklig singelkvinna". Ingen anade bråddjupet inom henne.

Samtidigt som hon intalade sig att hon aldrig mer skulle utsätta sig för risken att bli sviken, visste hon att det var ofrånkomligen så, att hon skulle tvingas in i den situationen igen. Igen och igen och igen. För hon stod inte ut med att vara ensam längre. Tomheten hotade att äta upp henne. Bara lämna skalet kvar.

Någon tittade på henne. Hon kände någons blickar och vände huvudet mot fönsterväggen. En man hon inte kände igen mötte hennes blick. "Han kommer att bjuda upp mig", tänkte hon. Som för att tänja på stunden, tog hon några steg åt motsatt håll, ryggen vänd mot honom. Pausen var slut, strålkastarna på scenen tändes och orkestern började efterpausmusiken med en lagom långsam svensktoppslåt.

"Ska vi dansa?" Han med blicken stod framför henne. Hon nickade med ett leende och de gled ut på dansgolvet. Han dansade rätt bra. Höll nästan takten – åtminstone någon slags takt och var lätt att följa. Kind mot kind redan från början, men hon hade ingenting emot det. Han luktade gott av rakvatten och var inte svettig. Och han krympte hennes tomhet en liten stund. Åtminstone kunde hon intala sig det när hon kände hans kropp mot sin.

De hade inte sagt något under dansen, men hon visste ändå att han skulle komma tillbaka. De små signalerna kunde hon vid det här laget. Hon hade lärt sig språket. En viss förväntan låg kvar inom henne när han lämnat av henne vid räcket. Hennes leende nådde för en gångs skull ögonen och hon blev uppbjuden igen. Denna gång var det en av de vanliga, och dansen fylldes av småprat om en sommarstuga hon aldrig hade sett. Med blicken över hans axel slocknade hennes leende. Tårar nästan på väg igen.

"Herregud vad jag är labil!" Släppa kontrollen – nej, det tillät hon sig inte! Men det kändes alltid lika svårt att bli påmind om vad "alla andra" hade som hon saknade. Sommarstugan överrumplade henne som symbol för ett lyckligt familjeliv. Hon bet ihop. Sommarstugan kombinerat med intresset från mannen tidigare – hon försökte förvirrat sortera begreppen för sig själv. Så fort någon visade minsta lilla intresse för henne skenade tankarna iväg till allt hon längtade efter. Det kändes så dubbelt. Hon ville visst prata om vardagliga ting under dansen. Hon tyckte om småpratet med okända män. Hon fick en liten bit av deras världar, och i sin fantasi såg hon sig dricka kaffe i en syrenberså, sola sig på ett segelbåtsdäck och leka med någons hundvalpar. Gäst i någon annans verklighet. Åtminstone i fantasin. Hon log åt orimligheten i sina tankar, ett leende som denna gång inte nådde ögonen.

Om man ville bli uppbjuden, gällde det att se lagom glad ut. Hela tiden. Hon visste att värdera sitt varma leende. Hon ansträngde sig för att bibehålla det kvällen igenom. För att få dansa. För att få vara med.

Skoldanserna hade varit annorlunda. De var fem stycken. Ann-Britt och Helena var alltid först uppbjudna; Eva-Lena hade en fotskada, dansade aldrig men följde alltid med. Hon var av någon outgrundlig anledning alltid i centrum. Utan att ens vara vacker. Så var det Ninni och hon själv. Blyga, osäkra. Eviga panelhönor. Så trist, så sorgligt, så knäckande för självförtroendet. Tanken på skoldanserna gjorde henne fortfarande upprörd trots att situationen var helt annorlunda nu. Utan att hon förstod varför fick hon numera dansa så gott som hela kvällen. Till och med i pausen. Det var väl mycket därför hon kom tillbaka lördag efter lördag. Att äntligen efter så många ouppvaktade år få känna sig attraktiv hade gett henne livslusten tillbaka. Det var ingen överdrift. Dansen hade lyft henne upp ur depressionens gråa, tunga tillstånd, och nu hade lördagskvällarna blivit symboler för ett människovärde hon inte trott hon hade.

Nu stod han där igen, han med blicken. Han log och hon nickade, gled in i hans famn och de svävade ut på golvet. Han sjöng lågt i hennes öra, *...det svär jag på, ska aldrig gå...*

Nästa dans drog hon sig tillbaka, ställde sig i ett hörn bakom en pelare och iakttog honom, där han stod vid det öppna fönstret och svalkade sig. Han såg faktiskt rätt bra ut med sitt kortklippta mörkbruna hår, blå ögon och snyggt klädd var han också. Ja, han intresserade henne.

Plötsligt vände han blicken mot henne. Hon tog några steg bort mot serveringen, generad över att han sett henne stå och iaktta honom. En hand på hennes axel.

"Du – får jag bjuda på en kopp kaffe?" Han hade kommit efter henne. Hon tackade ja. Hon hade alltid varit blyg, men på senare år hade hon lärt sig dölja blygheten bakom ett slags jargong. Det fungerade rätt bra att koncentrera sig på att ställa frågor och se intresserad ut. Så samtalet flöt obesvärat.

Frånskild sedan tre år tillbaka, två vuxna barn, ensam i stor villa i Täby – mannen mittemot henne i ett nötskal. Han passade henne bra. Skulle hon – mot förmodan och troligen inte – bli kär var det okej. Ingen kvinna i bakgrunden. Trodde hon. Man kan ju aldrig så noga veta. Hon hade alla tentakler ute och tyckte hon hade anat en mörk skugga över hans ansikte när han nämnde skilsmässan. Hade han inte kommit över den än? Hon kunde inte låta bli att le åt sig själv. Så här var det alltid. Ett typiskt utslag av hennes ensamhetssyndrom. Så fort hon träffat någon, som hon kunde tänka sig bli kär i, skenade hon iväg i tankarna flera år framåt.

"Jag tycker om ditt leende", sa han, "men akta dig för mig – jag är en playboy!" Leendet förtog lite av vad han sa, men vad menade han? Hon kunde inte låta bli att fråga.

"Tja, playboy kanske inte är rätta ordet. Vad jag menar är, att jag inte vill binda mig. Jag träffar dig gärna, men du ska veta från början att jag inte är ute efter ett fast förhållande. Jag kör med öppna kort. Okej?"

Hon kände sig förvirrad av vad han sa. Visste att det inte alls var vad hon ville – hon ville ut ur ensamheten, bort från den frätande tomheten. Men kanske var detta det enda som stod till buds. För henne. Kanske var det förmätet att vänta sig mera?

”Ungefär så tänker jag också.” ljög hon.
Men inom sig tänkte hon, att blir vi kära så är
det förstås en annan sak...

Han körde henne hem. En kram, utbyte av
telefonnummer. Så var det med det. Och hon
visste vad hon hade framför sig – en vecka
mellan hopp och förtvivlan. Skulle han ringa?
Kunde *hon* ringa? Eller skulle hon vänta till
nästa lördag och kanske han inte var där
då.....

Han ringde inte. Hon stålsatte sig och vän-
tade. Nästa lördag var han där.

”Jag hann inte ringa – men jag har tänkt på
dig.” Hon blundade och glömde den gångna
veckan. Nu var hon där. I hans famn, omgiven
av hans doft som lockade henne. Hon ville ha
honom. Kände att han också ville. Och när
han kört henne hem bjöd hon in honom. Utan
några etsningar. Körde med öppna kort – ”Jag
vill ha dig!”

Men hon ville ändå inte ha för bråttom.
Vände sig om, när han försökte kyssa henne.
Började plocka med tekoppar och satte på vat-
tenkokaren. De satt mittemot varann i hennes
kök, och med teet odrucket sökte hennes hand
hans. Hennes fingertoppar nuddade hans och
hon kände att hon var på väg. På väg in i något

hon inte visste säkert om hon kunde kontrollera. Men det gjorde ingenting. Inte nu.

Bio, konsert, dans. Men oftast träffades de hemma hos varandra. Att ha sex var något hon hört andra prata om. Själv ville hon hellre tänka sig det som en kärleksakt, att älska, att ge sig själv åt en man som ett kärleksbevis. Men det hon hade med honom – vad var det egentligen? Han talade aldrig om kärlek. Han var ju "playboy". Ville inte binda sig. Men de trivdes ihop, hade många gemensamma intressen, och de hade "bra sex" tillsammans.

Månaderna gick, och på något sätt började det kännas som om de trots sina – hans – föresatser ändå hamnat i ett fast förhållande. Hon visste inte vad hon tyckte om det. Jo, hon hade velat träffa någon som skulle ta henne ur ensamheten, någon att somna och vakna tillsammans med. Men var han denne någon? Hon blev alltmer tveksam. Han betonade ofta, att han inte ville binda sig. Hans envisa återkommande försäkran om att han inte ville ha ett fast förhållande började kännas olustig. Gjorde henne osäker. Försökte han övertyga sig själv? Började han vackla och i så fall – vad kände hon egentligen inför den risken? Eller chansen. Vad var det egentligen för förhållande de hade?

Hon satt vid köksbordet med en kopp ljummet kaffe framför sig. Telefonen låg bredvid henne, och hon borde ringa honom och bestämma något inför helgen. Det var hennes tur. Varannan gång ringde han, varannan gång hon. Men nu var det som lusten runnit ur henne.

"Jag är inte kär i honom!" tänkte hon. Intalade hon sig. De hade roligt tillsammans, men hon svindlade inte vid tanken på honom. Det pirrade inte i magen, hade aldrig gjort. "Behåller jag honom bara för att slippa vara ensam? Eller – är jag verkligen kär i honom men vågar inte erkänna det?" Hon suckade, lät telefonen ligga och gick och la sig.

Det gick ett par veckor utan att de sågs. Hon ringde inte när det var hennes tur, och han ringde inte heller. Två lördagar valde hon att gå ut tillsammans med ett par väninnor. Hon fick dansa mycket som vanligt, men saknade honom mer än hon ville erkänna.

Så en söndagskväll ringde han. Äntligen. När hon hörde hans röst insåg hon hur mycket hon längtat efter att han skulle ringa. Veckorna utan honom hade – utan att hon egentligen märkt det – fått hennes känslor att klarna. Hon ville inte förlora honom. För första gången

kom det där pirret i magen hon saknat. Hon
hade varit så rädd för att bli kär i en man med
så starka reservationer, att hon bepansrat sitt
känsloliv. Det hade varit effektivt, men nu när
han ringde igen... Hon slängde "pansaret" och
kände jublet stiga inom henne. Ja! Ja, hon var
kär i honom! Och nu ville hon inget hellre än
säga det, men hon bävade. Var livrädd för
hans reaktion. Samtidigt visste hon att hon
måste.

"Det är något jag vill säga dig!" Han hann
före.

"Jag har ju sagt hela tiden att jag inte vill ha
något fast förhållande. Men man kan inte för-
utse allt, man rår inte alltid över sina känslor
..."

"Oroa dig inte! Det gör ingenting! Jag var
just på väg att säga ..." Hon snubblade på or-
den, all osäkerhet var som bortblåst.

"Vänta nu lite! Du har inte hört vad jag tän-
ker säga!"

"Men jag vet! Jag förstår! Jag känner lika-
dant!" Hon kunde inte bärga sig längre.

"Lyssna på mig! Jag tror inte du förstår!"
Han tystnade. Väntade in henne. För att få in
henne på rätt spår. Och hon började svaja,
kände den hotande osäkerheten komma kry-
pande igen.

"Men om du inte kunde förutse, om du nu
vill ha ett fast förhållande så är det inget pro-
blem – det var ju just vad jag tänkte säga till
dig! Det var inte meningen, men jag älskar dig.
Jag vill leva med dig. Alltid." Sa hon trots att
hon började bli rädd.

Det var fortfarande tyst i andra ändan luren.
Han försökte hitta ord. Detta hade han inte
förutsett.

"Hallå! Är du kvar? Men så säg något då!"
Hennes röst for nästan upp i falsett. Det som
känts så rätt blev plötsligt hotfullt.

"Du. Du missförstår mig. Jag är ledsen. Jag
vill inte göra dig illa – vi har haft det bra. Men
... man vet aldrig ... Faen också! Jag måste
säga det!"

Han tystnade. Det fanns ingenting hon
kunde säga. Situationen hade plötsligt föränd-
rats och samtidigt som hon ville att han skulle
säga något ville hon inte. För hon förstod nu
att det inte var vad hon ville höra.

"Jag är upp över öronen förälskad i någon,
som jag bara känt några veckor. Hon känner
likadant, vill förlova sig. Henne kan jag inte
förlora, så ..."

"Hej då!" Knappt hörbart. Sedan la hon på
luren.

Isvattnet fyllde åter sin funktion. Vikingarna från scenen och med ett lagom varmt leende intog hon sin plats vid räcket vid dansgolvet.

Tar vad han behöver

Snöblandat regn och snålblåst. Jag ser genom köksfönstret att krokusarna kommit av sig i rabatten nedanför. Gula och violetta knoppar som håller på att förtvina. Våren är sen i år. Det är torsdagen den sjuttonde april och i dag är det slutgiltigt.

Nu ser jag Eriks vita kombi nere i backen. Han har lovat hjälpa till.

Två meter lång och blond. Blå ögon och mustasch. En första presentation i telefon. Trevlig röst. Han heter Hans. Ekonomisk konsult – diffust och intetsägande. Frånskild med ett barn. Fritidsintressen – resor, musik och litteratur. Det gav mig nätt och jämnt konturer. Jag hade knappast gett mer själv. Höll ett stadigt tag om min personliga integritet och tänkte inte låta någon ta vad jag inte ville ge.

Utanför restaurangen stod en mager, gråhårig man i kamelhårsulster. Han gav ett slitet intryck. Leendet nådde knappt ögonen, som var blågrå och klara på ett sätt som inte stämde överens med det övriga intrycket.

Det var inte desperation som fått mig att sätta in kontaktannonsen. Inte mycket till hopp heller, men ensamheten tärde. Någon ville jag väl träffa. Varför skulle jag annars ansträngt mig?

Lunchsamtalet var tämligen trivialt, och när han tände cigarretten till kaffet, tyckte jag att jag fått det första konkreta argumentet mot. Ändå. Var det rädsla att såra? Att jag trots allt tackade ja till middag senare i veckan.

"Hänger alla skjortorna i garderoben, eller ligger några i tvätten?" Han ropar från arbetsrummet, där han sovit på soffan de senaste veckorna. Jag måste markera allvaret. Att detta är vad jag vill. Fast jag anar att han inte ens nu tror det. Att han tror att jag ska ångra mig, att jag ska be honom låta skjortorna hänga kvar.

"Du får väl se efter!" Iskall. Han rör mig inte längre. Inte alls.

Jag stänger köksdörren. Vill han något får han komma i stället för att stå därute och gasta. Jag hör ytterdörren öppnas, steg in i vardagsrummet och jag tänker att nu tar han stereon. Alla cd-skivorna, hoprafsade i en papperskasse.

Faktiskt ganska trevligt. Intim källarkrog i Gamla stan. Några beröringspunkter fanns trots

*allt. Musik – enkelt och kravlöst. Lyssna och
tyck – om eller inte. Och litteratur. Resor? Han
verkade inte särskilt berest, men gav för all del
inte några säkra besked på den punkten. Jag
berättade om Australien och Indien. Han nick-
ade leende. Som om han kände igen platserna,
som om han varit där. Och de där klara blågrå
ögonen höll mig fast hela tiden. Lämnade mig
ingen ro. Det var förmodligen de som var boven
i dramat. Som hindrade mig från att säga nej
när han ville ses igen.*

Kaffe? Nej, varför göra sig till. Erik är okej,
men det räcker med ett lillfinger. Bjuder jag på
kaffe nu, tror Hans att han får stanna. Det
skulle inte förvåna mig om han tror det. Han
är i det närmaste desperat. Han har ingen-
stans att ta vägen med stereon, kläderna och
bokkassarna. Men det är inte min sak. Jag är
ingen pensionatsinrättning. Inte längre. Jag
känner mig elak när jag sätter på två koppar
kaffe, bara till mig själv. Elak och tillfreds. Så
lite, men det känns bra.

*Tredje mötet och nu hemma hos mig. Han er-
bjöd sig laga middag. Själv bodde han i en vin-
terbonad sommarstuga på Ingarö. Typisk ung-
karlslya och ordning därefter, log han. Inte en*

*plats dit man bjuder en kvinna. Så han kom
med grytbitar, grädde, torkad frukt och lök. Och
en sexpack starköl. "Jag tycker om öl!" Inte jag,
tänkte jag som aldrig drack öl. Tyckte inte om
smaken. Men grytan var läcker, och sedan sov
han kvar. När jag vaknade morgonen därpå
undrade jag vad jag egentligen höll på med. Var
jag förälskad? Tyckte jag ens om honom? Jag
tog en lång, varm dusch när han åkt.*

De har problem med bokhyllan. Jag hör det
genom den stängda dörren, men sitter kvar.
Man måste ta den genom altandörren – för hög
för att tas uppför den svängda trappan. Men
jag säger ingenting. Varför skulle jag? Hans
vet. Hör dem svära över den omöjliga bokhyl-
lan. Jag tänker inte hjälpa honom. Inte ens
med att komma iväg. Allt som underlättar för
Hans är omöjligt för mig.

*Jag kände mig fast på något sätt efter mid-
dagen hemma hos mig. Det var inte meningen
att han skulle sova kvar. Åtminstone hade jag
inte tänkt mig det. Vad han hade tänkt visste
jag inte. Han tände mig inte med sina kyssar.
Definitivt inte. Ändå. Varför lät jag honom
stanna? Varför älskade jag med honom utan att
älska? Men något måste jag väl ha känt!*

*Vid morgonkaffet efter att han gått kände jag
mig mest förvirrad och utan att förstå varför,
skamsen. Bjuder man hem en man på kvällen
måste man. Älska alltså. Eller knulla – fast det
lät så rått. Jag föredrog ordet älska, men det
stämde inte. Stämde inte alls. Och någonstans
inom mig anade jag att det handlade om en-
samheten jag inte ville ha. Efter det senaste
misslyckandet, då jag faktiskt varit förälskad,
hade jag resignerat. Den stora kärleken fanns
inte. Och han var ju trevlig, hade humor och var
uppenbarligen intresserad av mig. Det fick
räcka tills vidare.*

På balkongen slokar petuniorna och pelar-
gonerna mår inte bra. Jag har satt ut dem all-
deles för tidigt. Vill ha vår. Vill att tiden ska ha
gått ett tag till.

Där ute hör jag dem inte. Vet inte om de är
kvar eller har gått. Med handen full av vissna
blommor från den röda pelargonen slås jag
plötsligt av tanken att Hans kanske tar med
något som inte är hans. Några skrupler har
han inte. Tar vad han behöver.

Jag går tyst ut till Eriks vita kombi och ki-
kar in genom sidorutan. Nej. Bara kläder,
böcker, cd-skivor och stereoanläggning. Bok-
hyllan tänker de lägga på takräcket. Erik har

plockat fram kraftiga blå rep, som han slängt
över bilen.

*En röd ros. Några dagar efter middagen hos
mig kom kan upp till kontoret och lämnade mig
en röd ros. Log, kysste mig och gav mig rosen.
Lovade ringa senare. Jag blev överrumplad.
Den första ros jag fått av en man. Det gjorde in-
tryck. Vilket givetvis var avsikten. Och när han
ringde på kvällen, kunde jag inte säga nej. Bol-
len var i rullning, och vi fortsatte ses. Ett par
gånger i veckan, varje helg.*

*En kväll satt vi åter på den intima källarkro-
gen i Gamla stan. "Jag älskar dig", sa han och
höll mig fast med de klara blågrå ögonen. En
vecka senare flyttade han in. Välkommen på
mer än ett sätt. Hade han inte kommit, hade jag
blivit tvungen att flytta på grund av den chock-
höjda hyran. Nu skulle vi bli två om hyran, och
lättnaden var stor. Hans hade berättat om sitt
nya uppdrag som ekonomisk konsult åt ett före-
tag i Bromma. Lönen var han noga med att pre-
cisera, och summan lugnade mig. Livet tedde
sig med ens bra mycket ljusare.*

I hallen hänger hans blå manchesterkavaj.
Jag stryker lätt med handen över ärmen, kän-

ner tobaksdoften men ingen svett. Han är renlig och håller sig snygg. Duschar varje dag. Något annat kan jag inte säga, så jag som är så känslig för dofter kan verkligen inte klaga. Inte på det. Kavajen hade han på sig den kvällen han första gången sa att han älskade mig. Det vill jag inte tänka på nu. Inte heller vill jag tänka på att han hade den hängande över axlarna när vi gick utmed Strandvägen och han friade. Hur kunde jag vara så korkad att jag nästan gick i fällan!

På byrån i hallen har jag lagt förlovningsringen. Jag har sagt till honom att den ligger där, men han har inte tagit den än. Jag får inte glömma att påminna honom innan han går.

Tre veckors smekmånadsliv. Han var hemma hela dagarna – skötte jobbet per telefon, sa han. Jag möttes av de ljuvligaste matångor när jag kom hem från jobbet. Vinet gjorde varje måltid till fest, och maten alltid så läcker. Jag njöt av att vara älskad och att bli uppvaktad. Tills månadsskiftet. Hans hade inte fått ut någon lön när hyran skulle betalas. Lite irriterad blev jag nog. Men han lovade sätta in pengarna på mitt konto inom några dagar bara. Så jag fortsatte må som en drottning. Så länge jag duperade mig själv att tro på alla svepskäl och undanflykter. Alldeles för lång tid. Innan han tvingades säga som det var. Konsultjobbet hade inte blivit av. Företaget i Bromma hade backat ur, men jag behövde inte oroa mig. Han hade andra jobb på gång. Det var bara just nu det var lite kärvt. Och jag trodde det jag ville tro och blundade för det jag anade.

Så länge han är kvar känns mitt hem inte som mitt. Han har nästan inte haft något eget här, och det han har haft ligger i Eriks bil. Ändå. Tobaksdoften sitter kvar i möbler och gardiner. Men det är bara tobak. Rakvattnet bedövar fortfarande i badrummet, men det är bara doft. Det är hans steg i trappan, hans händer på ledstången, hans lågmälda röst från arbetsrummet, och när han kommer upp – hans klara blågrå ögon. Allt detta fyller mitt hem, och jag känner mig invaderad. Håller på att kvävas och vill ha ut honom. Nu! Men han dröjer sig kvar. Medan Erik surrar fast bokhyllan på takräcket går han ut på balkongen. Lutar sig över räcket. De uppkavlade skjortärmarna blottar underarmarna med det täta mörka håret. Min blick fastnar där och mot min vilja står jag tyst kvar bredvid honom när jag egentligen bara vill säga att han ska gå nu med en gång. Armarna som jag tycker om, muskulösa och solbrända. Som kramat mig och till slut väckt viss lust.

Han ville gärna vara flott och visa hur världs-van han var, att han rört sig i de finare kret-sarna, vilket han faktiskt hade. Andra kände till honom, hans röda Porsche, tolvrumsvillan på Lidingö, Armani-kostymerna. Sedan hade något hänt, men vad det var kunde ingen säga mig. Visste ingen. Men att det faktiskt varit så lug-nade mig när jag kände mig som mest frustre-rad. Det skulle bli igen. Och då skulle jag vara där och ta del av det.
En kväll kom han och hämtade mig vid kon-toret och tog mig med till en av de dyraste re-staurangerna på Östermalm. Han såg min bä-van och lugnade mig med att i kväll bjuder jag! Och jag kunde inte låta bli att undra om han äntligen hade fått sin lön från något av företa-gen han gjort konsultarbeten åt. Han log och svarade inte. Beställde bara, och jag såg att han tog det dyraste från menyn och valde det finaste årgångsvinet. Jag njöt och tänkte – nu har det vänt! Nu blir allt bra. Och han betalade och gav till och med rikligt med dricks. Hem med taxi – fyrahundrafemtio kronor! Och han betalade.

Jag var lugn och lycklig i tre dagar. Sedan sprack bubblan.

Nej. Någon lust känner jag inte längre till denne man som står bredvid mig på balkongen, och som ska gå ut genom dörren snart och aldrig mera komma tillbaka. Ingen lust alls.

Erik kommer in igen. Sjunker ner i den blommiga fåtöljen och säger att det luktar kaffe. Och det gör det ju efter mina två koppar. Mina ensam i köket för en stund sedan. Jag rodnar lätt och säger att visst – jag sätter på några koppar till. Jag vet ju att Hans ska gå alldeles snart, så en kopp kaffe... En slät kopp, möjligen en skvätt mjölk, för det vet jag att han vill ha. Hans alltså. Erik skulle gärna ha fått både bullar och kakor.

När löneavin inte hade kommit en vecka in på månaden, ringde jag lönekontoret. Arg, ja rent av förbannad. Varför hade de inte skickat avin än? Jag hade ju räkningar och hyra som förföll. Anna på lönekontoret sa ett ögonblick och kom snart tillbaka till telefonen. Nu var det hon som var arg, eftersom jag visst hade fått avin och till och med tagit ut pengarna! Jag minns inte vad jag sa, men när jag lagt på luren satt jag chockad och tyst en lång stund. Förstod inte men anade. Förstod bara inte hur. Och när jag frågade Hans höll han mig stenhårt fast med sina klara blågrå ögon och hade inte sett skymten av avin. Till slut bröt han oväntat ihop. Han berättade att han hittat mitt gamla leg i en låda – det hade inte gått ut, men jag hade skaffat ett nytt eftersom fotot var så olikt – och med det och en förfalskad namnunderskrift hade han lätt kunnat ta ut pengarna. Och jag mindes middagen på lyxrestaurangen på Östermalm och blev stum av vrede medan han gråtande förklarade att han hade behövt pengarna. En månadslön, en middag.

Jag kunde inte se på honom, och han kunde inte hålla mig kvar. Utan att veta vart jag skulle gå hade jag stängt dörren efter mig och inte kommit tillbaka förrän flera timmar senare. Då var han inte där. Inte bilen heller. Strax efter midnatt smög han in. Jag satt vaken vid köksbordet och han slängde nycklarna till mig. Både dörrnycklarna och nyckeln till bilen. Och han sa att jag skulle slänga ut honom. Jag såg och visste att han var berusad, och återigen gråtande talade han om att han kört i diket, att polisen kommit, att de tagit alkotest och tagit ifrån honom körkortet.

*Medlidande var inte rätt men ändå det jag
kände, och skälet till att jag inte genast slängde
ut honom. Jag var någon när jag tröstade ho-
nom, samtidigt som jag visste att det jag gjorde
var vansinnigt. Han gröpte ur mig allt jag var
och allt jag hade och jag förlät honom och lät
honom stanna.*

Kaffebryggaren behöver kalkas av, men kaf-
fet smakar bra. Vi hittar ingenting att prata
om. Orden har tagit slut. Erik stjälper i sig kaf-
fet, lånar toan och säger till Hans att jag går ut
till bilen så länge.

Vi dricker kaffet under tystnad. Hans försö-
ker fånga min blick, men jag låter honom inte
göra det. Diskar omsorgsfullt min mugg och
säger att han inte ska låta Erik vänta. Och till
min förvåning hör jag stolens skrapande, och
han går faktiskt ut i hallen.

*Det blev aldrig som det varit. All glädje och
lust var borta. Han fick sova i arbetsrummet och
jag visste inte varför jag lät honom stanna kvar.
Om det var den där blicken, den förbannade
blicken eller om det bara var medlidande. Till
slut var det min syster som fick mig att fatta be-
slutet. Hon sa helt enkelt att det är sjukt att*

hålla parasiter vid liv och fick mig att må illa.
Han fick ett datum, den sjuttonde april.

Han står stilla och hans ryggtavla andas tve-
kan. Jag ser att han ser ringen på byrån, och
jag säger åt honom att inte glömma den. Han
nickar, tar den och går ut utan att vända sig
om. Stänger dörren tyst och sakta.

När han gått och när jag hör Eriks vita
kombi ner i backen på väg bort upptäcker jag
att jag håller andan. Med altandörren på vid
gavel andas jag igen och ser att han glömt den
blå urnan, som står i hörnet med några tor-
kade kvistar. Kvistarna slänger jag på kom-
posten bakom vinbärsbuskarna och står obe-
slutsam med urnan i famnen. Den enda sak
han fått med sig från föräldrahemmet. Det
enda han velat ha med sig.

Jag håller den blå urnan i famnen och tar
några steg mot dörren. Men i stället för att gå
in, vänder jag mig om och släpper plötsligt ta-
get om urnan. Hör hur den slår i stenplat-
torna. Ser hur den går i bitar.

Skärvorna ligger kvar där ute när jag går in
och kommer att ligga kvar tills det blir grillvä-
der i slutet av månaden. Min syster sopar ihop
skärvorna och säger att de ska väl inte ligga
här och skräpa. Du kan skära dig på dem. Och

jag säger, "Släng dem bara!" Så att jag inte
skär mig på dem.

Den ensamma resan

Baxar blytunga väskor upp på tåget.

Jag fick dela liggvagn med fem okända män-
niskor. Tre på en sida, två på den andra, min
sida. Skymningen sänkte sig sakta och tåget
lämnade Köpenhamn.

Att sova var svårt när det snarkades ljudligt
i slafen ovanför, men värre var fotsvettsång-
orna från britsen mittemot. Jag andades kort
och vände mig mot väggen men kom inte un-
dan. Smög försiktigt för att inte väcka de so-
vande ut i gången. Ibland blixtrade ljus från
byar och städer förbi, men utanför fönstret var
det mest mörkt. Svart natt.

I gryningen vaknade många medan andra
envetet sov på. I mittersta sänghyllan mittemot
låg handelsresanden från Varberg. Han hade
legat på sjukhus och fått en strålande idé på
väg in till operationssalen. Varför inte måla ta-
ket som en himmel med moln och fåglar och
solsken? En lugnande syn före narkosen, och
han hade gjort det. Bertil hette han visst. Och
han hade faktiskt målat innertaket i kulverten
på sjukhuset. Bilden av sommarhimmel skulle

jag alltid att komma att minnas som patient senare, även om den aldrig fanns där.

Denna resa – varför? Det kändes bara nödvändigt. De tror att jag ska på konferens i Barcelona, och visst ska jag det men viktigast är de ensamma dagarna före och efter. Tankarna måste få utrymme att utvecklas och kanske, i bästa fall, leda till förändring. Köpenhamn – Paris – Barcelona. Två dagar i den franska huvudstaden, rum bokat på litet hotell i Quartier Latin. Trodde jag. Det visade sig att jag misstagit mig. Att inte få svar på mailet trodde jag inte betydde något, men. Rejäla plankor korsade över fönster och dörrar. Definitivt stängt.

Jag var inte så van vid ensamresandet men tog det lugnt. Ett litet rum högst upp efter vindlande spiraltrappa, ingen toalett men bidé och takfönster. Tack. Jag hade i alla fall någonstans att sova mina två nätter i Paris och om det inte vore för mardrömmen så... och bouquinisterna utmed kajen hade intressanta häften, septemberfuktiga men läsvärda. Våta höstlöv... den vackraste visan om kärleken... Om jag mindes rätt sjöngs den av en fattig parisstudent men begrovs sorgligt nog i en massgrav i Flandern.

Nog var jag förvirrad och det var därför jag bestämde mig för den ensamma resan som skulle bli skiljelinjen mellan då och sedan. Linjen *nu* med bara dagsupplevelser. Lunch på baguette, en liten bit gryére-ost, en klase mörkblå muscat-druvor och liten flaska chardonnay i en park. En våning i Louvren, mer mäktade jag inte. Utsikten från Sacre Coeur efter lång promenad. Paris.

Timmar på tåget igen, drömmen om att bila genom Frankrike flög förbi. Provence får vänta. Vänta tills lavendeln doftbedövande blommar lila fält efter fält. En annan gång. Gränsen till Spanien märkte jag aldrig, Barcelona hägrade.

Som om jag inte var där passerade tre dagar av föredrag, luncher och studiebesök. Sedan såg jag staden. Långa promenader, inte bara Las Ramblas. Nedanför svulstiga Gaudí-balkonger tänkte jag mig in i rummet innanför men strax ut igen – därinne såg jag ingenting, där var allt konventionellt, typiskt spanskt med tungt träbord mitt på golvet, skänken med Den Sista Måltiden inramad ovanför och pinnstolarna. Nedanför på trottoaren kunde jag drömma om fantastiska sagoslott med tinnar och torn. Och bukiga balkonger med ornament och hängande grönska.

La Familia Sagrada som aldrig blir klar. Jag funderade över symboliken med en grupp ivrigt fotograferande japanska turister framför mig, och jag undrade vad de såg. Såg de en arkitektonisk fullträff? En halvfärdig helgedom? Eller bara en bakgrund till semesterbilderna? Den Heliga Familjen, och jag grät. Tårarna kunde jag inte hindra. Familjen. Den jag hade önskat så innerligt men som blev så fel. Den som var då. Som inte kunde finnas sedan. Som jag måste komma underfund med här och nu på skiljelinjen. Den ensamma resan.

Sista natten i Barcelona återkom mardrömmen. Den bottenlösa graven vid vars kant jag stod och vinglade. Visste att jag måste hoppa ner i djupet men inte varför, bara att. Ångesten var så stark att jag vaknade alldeles innan. Vad fanns där nere? Ingenting? Slutet? Eller kunde det vara något bra? Nej, det svarta som hotade kväva mig var inte bra. Inte alls bra.

På tåget till Madrid sjönk jag utmattad ner i den moderna tågfåtöljen. Inte förstaklass men bekväm, och bredvid mig damp en kvinna i sjuttioårsåldern ner. Leende med ett finger över läpparna viskade hon till mig. ”Säg inget men jag har glömt platsbiljetten!” Den delade hemligheten blev början till sex timmars samtal. När hon knäppte upp den stickade grå koftan såg jag det enkla silverkorset blänka till mot den jordfärgade klänningen. Den spanska nunnan hade tillbringat fyrtio år i Västindien,

utsänd av kyrkan. Nu hade hon återkallats för
att arbeta i slummen i Madrids förorter. Hon
bjöd mig på bondbröd med sobrasada och
färsk basilika, och jag plockade fram en halv
flaska vin ur ryggsäcken. Framme i Madrid
skildes vi åt, Maria Teresa och jag. "En sextim-
mars vänskap med en tvåbarnsmamma från
Sverige." log hon och jag tänkte: "En sextim-
mars vänskap med en katolsk nunna från .....
ja, från en värld jag aldrig besökt och inte
kände."

Resan hem tog två dagar utan stopp.
Kanske hade jag behövt ännu mera tid, men
samtidigt kändes det som om jag var klar. Fär-
digtänkt. Oväntade möten, nya perspektiv på
allt. Något hade faktiskt hänt, och när jag steg
av tåget på Stockholms Central kändes det
nästan självklart. Kunde Bertil och Maria Te-
resa så.

Då var borta och sedan på väg, ett sedan
med möjligheter dolda ännu men de fanns där.
Jag måste inte stanna kvar i förortslägen-
heten. Jag måste inte skriva rapporter åt
andra. Jag måste inte handla köttfärs och fa-
lukorv på ICA nere vid torget. Ett annat liv
väntade om jag bara vågade.

Kraftigt byggd man med hund

Vad var det egentligen jag kände? Förväntan?
Obehag? Uppgivenhet? Jag visste inte. Kanske
en blandning av allt.

Första gången hade förväntningarna bubblat
inom mig, nästan sprängt mig, men nu ...
Detta var säkert tionde gången. Minst nio
gånger hade jag hoppats – och blivit besviken.
Uppgivenhetskänslan hotade ta överhanden.

"Jag sätter på kaffe – ska du ha?"

Åsa stack ut huvudet från köket, hejdade
sig.

"Vad fin du är!"

"Tycker du verkligen det?"

Jag log osäkert, drog nervöst i kjolen.

"Är den för kort? Kan jag ha så kort kjol – i
min ålder?"

"Men mamma! Det är klart du kan! Du är
väl inte gammal!"

Hon försvann ut i köket, och jag hörde
henne rumstera om med muggar och fat. Jag
betraktade kritiskt min spegelbild, granskade
den centimeter för centimeter och satte mig
slutligen med en suck på telefonbänken. Inte
gammal! I Åsas ögon blir jag väl aldrig gammal

– för henne är jag nu och för alltid 'bara'
mamma, tänkte jag, men i konkurrensen med
alla perfekta 20-30-åringar... Vad har jag att
komma med? Vad är något värt i en mans
ögon utom ett attraktivt yttre?

Det var inte det att jag verkligen tyckte så,
men erfarenheten hade mer och mer fått mig
att tänka i de banorna. Ändå – när jag satt på
tunnelbanan på väg till jobbet brukade jag roa
mig med att i smyg studera medpassagerarna.
Tjocka tanter med snipiga munnar och tomma
blickar, men nog hade de en man med sig, och
var han inte med så hade de åtminstone teck-
net på mannen – vigselringen. Åh, vad jag ha-
tade dessa ringprydda kvinnohänder! De var
den konkreta symbolen för allt jag inte hade
själv, och jag kunde inte förstå. Kunde inte.
Vad hade alla dessa kvinnor, som jag sak-
nade? Varför ville ingen ha mig? Vad var det
för fel?

Återigen en djup suck. Jag gick ut i köket,
försökte mig på ett leende mot min dotter, som
dukat med mormors ostindieporslin, lagt upp
bullar och kakor på silverfat och till och med
vikt servetter.

"Tänkte du behövde komma lite i stämning –
så sur som du ser ut skrämmer du livet ur
vem som helst!"

Åsa gav mig en kram och hällde upp kaffet.

"Vem ska du träffa i dag? Hurdan verkar han vara?"

Jag satt tyst en stund. Försökte återkalla vad det var i just hans svar som fått mig att ringa upp honom och stämma träff.

"Han är femtio år gammal, egen företagare, bor någonstans i Järfälla och har hund."

Nu mindes jag inte vad jag fastnat för – det jag sa lät så torftigt, så ointressant. Och hundar var jag egentligen inte alls intresserad av. Det måste ha varit något mer. Jag bet i bullen, tuggade eftertänksamt.

"Hur ser han ut? Har han beskrivit sig själv?"

Så typiskt! tänkte jag. Hon också. Alla tänker bara på utseendet!

"Jaa, jag tror han sa att han är en och åtti lång, gråsprängt hår, blå ögon. Och kraftigt byggd."

Åsa brast ut i skratt.

"Din vanliga otur, mamma! Han är alltså smällfet!"

"Men Åsa! Kraftigt byggd och smällfet är väl inte samma sak!"

Jag svalde det sista kaffet. Ryggen utstrålade irritation när jag med snabba steg gick ut i hallen.

”Jamen mamma! Om man bara är kraftigt byggd säger man väl ingenting om det. Han sa väl så för att förvarna dig – jag slår vad om att han är tjock, rejält fet!”

Åsas retsamma leende dök upp bredvid mitt eget i spegeln medan jag omsorgsfullt penslade på läppstiftet. Jag försökte skaka av mig olustkänslan Åsa förmedlat med sin kommentar, tog på mig kavajen och sprang nerför trappan, i sista sekund för att hinna med bussen. Fet eller inte – insidan var väl ändå det viktigaste.

Vi hade bestämt att ses på centralen, vid huvudentrén mot Vasagatan. Inne eller ute beroende på vädret. Alldeles innan han lagt på luren hade han frågat om det var okej att han tog sin hund med sig. En boxer som han helst inte ville lämna ensam hemma. ”Okej”, hade jag sagt utan att mena det. En hund! Det var inte en hund jag sökte. Jag sökte en man, så i samma ögonblick han nämnt hunden blev jag osäker. Men då var det för sent. Då hade vi redan gjort upp om plats och tid. Jag fick väl ge honom en chans. Trots hunden. Och nu – efter Åsas påpekanden – också trots den eventuella fetman.

Jag kom först. Som vanligt hade jag tagit god tid på mig, avskydde att komma för sent, att låta någon vänta. Jag ställde mig vid sidan.

Ville vara den som såg först. Ville kunna iaktta honom några sekunder innan han såg mig. Tack vare hunden skulle det ju vara lätt att känna igen honom.

Han var försenad, tio minuter. Kom halvspringande med en stor brunspräcklig boxer flåsande i hälarna på sig. Åsa hade haft rätt. Nästan. Han var mer än kraftigt byggd – snällt uttryckt hade han "en viss rondör". Jag log inom mig, tänkte redan innan han öppnat munnen, Detta är fel! Men jag hade bestämt mig för att ge honom en chans, och så fick det bli.

"Vart ska vi gå?" frågade jag.

"Vad säger du om Skeppsholmen? Vi skulle kunna ta en promenad. Det är fint därute, och än så länge värmer solen!"

Naturligtvis, tänkte jag, vad kan vi göra annat än ta en promenad. Med hunden. Det kändes nästan absurt. Här hade jag efterlyst *man, 40+, trogen och seriös, som delar mina intressen för dans, havet, skogen, promenader m m* och vem var han, mannen som presenterat sig som Pelle, som jag försökte hålla jämna steg med i riktning mot Skeppsholmen? Jag har bestämt uttryckt mig luddigt. Allt *kan* ju stämma på honom, men stämmer han för mig? Jag log åt mina tankar, han log tillbaka, uppmuntrad

att fortsätta sin berättelse om hur han så
framgångsrikt byggt upp sitt lilla företag för
tillverkning av specialmuttrar till kopierings-
maskiner.

"Ni har väl kopieringsmaskin på ditt jobb,
va? Vad är det för märke?"

Jag nickade som svar på det första, ryckte
på axlarna åt det andra.

Han märkte överhuvudtaget inte mitt tydliga
ointresse utan malde på.

"Folk anar inte hur viktigt det är med rätt
reservdelar. Ta Canons senaste kopieringsma-
skin till exempel. Vad tror du skulle hända om
man gick till Clas Olsons och köpte en skruv
vilken som helst och försökte laga den själv?"

Han väntade inte på mitt svar.

"Katastrof! Och kopieringsmaskiner är dyra
grejer! Folk är inte kloka!"

Han fortsatte sina förtrytelser över männi-
skors okunskap inom hans specialområde. Jag
fortsatte omväxlande nicka, skaka på huvudet
eller göra någon obestämd gest. Inte ett ord
över mina läppar. Först blev det bara så, men
sedan tänkte jag se hur länge det dröjde innan
han upptäckte att det bara var han som pra-
tade. Han upptäckte det inte. Till slut tystnade
han ändå. Hade – för tillfället – uttömt sitt till
synes outtömliga favoritsamtalsämne. Det

uppstod inte någon pinsam tystnad, eftersom
jag egentligen inte alls var där. Jag gick om-
kring i mina egna tankar och njöt av sensom-
marvädret, dofterna, ljuden och tänkte att här
hade han sin chans. Chans till vad, förresten?
Min vacklande självkänsla gjorde mig osäker.
Men visst var jag väl ett kap för en sån som
han! Eller? Hur som helst – chansen hade han,
men han sumpade den "med pukor och trum-
peter" i sin självupptagenhet.

"Apport!"

Han kastade en pinne med den överdrivna
rörelsen hos den, som vill demonstrera sitt
smidiga muskelspel. Det blev bara löjligt. Hun-
den rusade efter pinnen, och ceremonin uppre-
pades gång på gång. Jag rös till i den svala
kvällsluften.

"Ska vi gå och fika någonstans?"

Jag tyckte det var ett bra förslag. Ville gärna
komma inomhus en stund.

"Det finns flera trevliga ställen vid Sture-
plan. Om du inte tycker det är för långt?"

"Inte alls."

Vi hade lämnat Skeppsholmen bakom oss,
promenerat genom Kungsträdgården och var
snart framme vid Stureplanssvampen. Han såg
sig villrådigt omkring, muttrade mest för sig
själv: "Jävlar, hunden!" Men jag uppfattade det

och insåg dilemmat. Var skulle vi kunna fika –
med hund? Samtidigt roade det mig att se hur
han skulle klara av situationen. Han hade fö-
reslagit fika. Nu fick han se till att det blev
fika!

En halvtimme senare sjönk jag äntligen ned
på en hård och kall trädgårdsstol utanför ett
kafé på Kungsgatan, det sista kaféet som ännu
inte hunnit montera ned uteserveringen för sä-
songen.

"Bara kaffe, tack! Och ingenting i."

Jag satt och väntade medan han gick in och
beställde, hunden kopplad vid bordet.

"Jag tänkte du kanske ville ha en bakelse
också ..."

Han ställde ner brickan på bordet. Bara åsy-
nen av den dagsgamla mockabakelsen gav mig
kväljningar. Medan han var fullt sysselsatt
med att mata hunden med en jätteportion
glass, petade jag försiktigt i bakelsen, tömde
kaffemuggen och tittade på klockan.

"Du – mitt tåg går om tjugo minuter. Är du
klar? Kan vi gå mot centralen?"

Det var han. Och fullt upptagen av att torka
hunden om nosen märkte han inte, att min
bakelse låg kvar på assietten, massakrerad
men ouppäten.

Vi gick tysta en stund. Jag funderade på hur jag skulle säga, att jag inte ville träffa honom igen. Men han måste väl ha förstått, att jag inte var intresserad?

"Jag tycker vi har haft riktigt trevligt i dag! Hur fortsätter vi nu? Ska jag ringa dej? Jag har inte ditt telefonnummer ..."

Han började leta efter papper och penna i överrocksfickan.

Jag la handen på hans arm.

"Jag vet inte. Det kanske är bättre att jag ringer i så fall."

Hans blick mörknade.

"Är det hunden? Passar det inte damen?"

"Jag måste springa! Tåget går strax!"

Jag började springa mot centralen, vände mig om och vinkade.

Han vinkade inte tillbaka.

Septemberdag i Öxabäck

Gula lönnlöv prasslade under gummistövlarna
när jag sprang stigen ner till Ingegerd.

"Skynda dig! Pappa börjar när som helst!"
Hon hade haft andan i halsen när hon ringde,
och jag visste precis vad det handlade om. Den
stora honungsslungan stod mitt i köket och
vaxkakorna på plats. En gång om året hände
det, och jag fick alltid vara med.

När jag öppnade dörren, sparkade av mig
stövlarna och slängde jackan på pallen i far-
stun hörde jag det välbekanta susandet. Ho-
nung! Och doften av nygräddat rågbröd var
inte att ta miste på. Anders var fullt upptagen
med slungan och Alva stod vid köksbordet och
skar upp rågbrödet i långa, smala skivor. Smö-
ret direkt från kylskåpet, kallt och ett tjockt la-
ger på skivorna. Så var det bara honungen
som saknades.

Den första, bärnstensgula ljunghonungen
droppade ner i kärlet som Anders höll fram.
För att vi skulle få smaka den allra första.

Mmmm ... som vi njöt. Nyslungad honung på
grovt rågbröd. Det godaste jag visste, och se-
dan väntade bitar av vaxkakorna, där Ingegerd
och jag kunde suga ut de läckra resterna av

binas sommarjobb.

Detta var ren lycka denna kyliga höstdag, smaken, doften. Att minnas för alltid.

Hemma hos Anna

Den gamla sängen på högkant alldeles innan-
för dörren, på väg ner till källarförrådet. Står
där som en soldat på vakt, som en ribbstol
från den förhatliga skolgymnastiken. Sängen
med sängvätarminnen och tröstekuddar. För-
visad. I sovalkoven tronar den nya breda
sängen med fjädrande resårbotten och baline-
siskt lapptäcke i guld och blått. Väntar. Någon
gång ... och när dörren är stängd och låst.
　Köksbordet obstinat placerat där TV:n borde
stå.
　"Jag vill ha sjön till frukost!"
　Fyra udda stolar – från IKEAs röda "ögla"-
stol till en uttjänt kontorsstol på hjul från
mammas jobb. Fönstren vetter alla åt sjön.
Nakna utan gardiner.
　"För sjöns skull."
　Doften av den vissnande schersmin-buket-
ten på soffbordet blandas med den knappt för-
nimbara men ändå så påtagliga doftslingan av
sandelträ från den lilla snidade indiska asken.
Tre månader sedan inflyttningen och fortfa-
rande står klädkassarna kvar utmed långväg-
gen som en nagel i mammas husmorsöga.

"Men det är *min* lägenhet. *Mitt* liv!" säger Anna och draperar lättjefullt filtar och tröjor över soffan, lämnar gamla DN i drivor på golvet, struntar i disken och njuter nästan övermodigt. Kärleksfullt lustfyllt lekfullt kaos i dörröppningen till vuxenlivet.

Svanarna

Varför böja sig? Varför anpassning?

Solen i ögonen. Den tidiga februarisolen har inte hunnit torka den gistna parkbänken under den lövlösa lönnen. Eftersom utflykten var planerad, förutsättningarna något så när kända, hade hon stoppat ner sittunderlägg i ryggsäcken. Och termoskaffet var precis vad hon behövde.

Kan man vara stolt och anpasslig på samma gång? Böja huvudet med värdighet?

Hon hade vandrat i timmar. Kors och tvärs över Djurgården. Förbi myllrande dagisgrupper vid Junibacken. Passerat pälsklädda damer på knähundspromenad med förståndigt broddförsedda vinterkängor. Och så hade hon hittat mindre stigar genom slyiga dungar där det förmodligen sällan gick någon alls.

Ful och vacker samtidigt? Både graciös och klumpig? Hon betraktade eftertänksamt svanarna, som gled fram på den glittrande vattenytan alldeles framför henne. Skickligt parerande mellan den uppbrutna isens skarpa kanter.

Vad var egentligen problemet? Hon hade för första gången i sitt liv mött en människa hon kände sig osäker inför. Ja, faktiskt – för första gången! Mötet hade överrumplat henne. Hon, som alltid ansett sig vara så god människokännare. Som alltid varit så säker i sin bedömning av dem hon mött, och som så osvikligt alltid kunnat lita på sin intuition, på riktigheten i första intrycket.

Och så kom han. Öppen, glad, känslig, kraftfull, dynamisk... Första intrycket hade varit... Irriterad tvingades hon erkänna för sig själv att hon inte ens mindes hur det första intrycket var. Hon hade sugits in i hans sfär och efter bara några timmar var han självklar. Från första stund hade hon vetat – utan att själv förstå varför – att han var hennes liv.

Nej, nej, nej! Svanarna lyfte samtidigt. I formation försvann de bort mot horisonten.

Just så hade det blivit. Hennes liv hade försvunnit. Men stopp! *Han* var ju hennes liv! *Han* hade inte försvunnit – *hon* hade gått. Till slut.

Förvirrad och upprörd över den väg tankarna tagit plockade hon hastigt ihop termos och sittunderlag. Gick med snabba steg därifrån.

Det gjorde så ont att inse, att allt det som skulle ha blivit inte blev. Eller blev fel. Stolt blev anpasslig.

Svanarna flög. Fortfarande stolta, vackra, graciösa. Så var det med svanarna.

Efter bion

Under den stora silverpilen vid bäcken sitter
hon. Femton år gammal, huttrande i sen okto-
berkyla. Det generösa lövverket skulle ha dolt
henne om löven inte redan fallit, men gre-
narna, som nuddar den svarta vattenytan,
skapar åtminstone en chimär av skydd. Skydd
från blickar från den som händelsevis skulle
komma förbi på landsvägen en bit bort.

Jackan glömde hon när hon i förtvivlan ru-
sade ut, det var nätt och jämnt att hon fått på
sig stövlarna. Men egentligen känner hon inte
kylan utifrån. Den kan inte mäta sig med den
kyla som mötte henne efter biokvällen med
Mats. Jag går aldrig mer tillbaka, tänker hon
medan tårarna strömmar. Med baksidan av
handen torkar hon kinden, böjer sig fram och
låter det tjocka, mörkblonda håret bli till en
gardin, som avskiljer henne från världen. Det
gör så ont. Och hon ska kalla sig mamma ...

Monika känner mjölksyran stiga i lår och va-
der men sitter fortfarande kvar på huk. Smär-
tan i kroppen lindrar lite smärtan inom henne.
Eller överröstar den. Till slut tappar hon ba-
lansen, sätter sig klumpigt på ändan i mossan
vid vattenkanten och känner vätan tränga in

genom jeanstyget. Det gör ingenting, tänker
hon. Ingenting gör någonting längre.

Egentligen borde hon inte behöva sitta så
här. Det hade varit en helt vanlig söndagskväll.
Redan i onsdags hade Mats ringt.

"Ska vi gå på bio på söndag?" hade han frå-
gat.

Hjärtat hade slagit ett extra slag i bröstet på
henne. Mats! Att *han* frågat henne. Hon kunde
inte förstå det. Han som hade varit tillsam-
mans med Viveka från stan, hon den snygg-
aste i byn, som inte ens gick i skolan utan
hade börjat jobba på fabriken. Som rökte och
fick vara ute så länge hon ville på kvällarna.
Hon som nästan var vuxen. Visserligen visste
Monika att det tagit slut mellan Mats och Vi-
veka redan i förra månaden. Hon hade visst
börjat gå ut med någon som jobbade på fabri-
ken. Tyckte kanske att Mats med sina arton år
var för barnslig. Men han såg faktiskt ut som
minst tjugo, och han kändes på något sätt som
mycket vuxnare än Monikas andra kompisar.

"På söndag?" hade hon svarat, tveksam och
osäker.

"Ja, om du gillar Elvis, förstås. 'Jailhouse
Rock' går på Röda Kvarn."

"Det är klart jag gillar Elvis", ljög Monika.
Hon tänkte att det kunde vara som det var

med Elvis eller Tommy Steele eller vem det nu var – det viktiga var ju att det var Mats som frågade!

”Ska vi ses vid Röda Kvarn en stund innan? Filmen börjar sju, och det är nog många som kommer, så det är bäst att komma tidigt om vi ska få bra platser.”

”Absolut. Jag är där vid halv ungefär.” Hon hoppades att hon lät så där lagom självsäker, att hennes bultande hjärta och darret i rösten inte hördes.

”Fint! Vi ses!”

Han hade lagt på luren, och Monika hade suttit kvar en lång stund i fåtöljen vid telefonbordet i hallen. Hon fattade det inte. Mats hade ringt *henne*. Lite misstänksam hade hon gått igenom samtalet i huvudet. Var det ett skämt? Nej, det hade låtit fullt naturligt. Hon hade för första gången blivit utbjuden av en kille. Glädjen hade bubblat upp inom henne. Nu var det bara dusten med mamma som återstod. Bara. Hon hade dragit djupt efter andan och gått ut i köket, där mamma satt och läste Husmodern med en kopp kaffe och en cigarrett.

”Jag tänkte gå på bio på söndag.”

Mamma hade tittat upp, fortfarande kvar i receptet på kycklinggryta, som kunde bli bra

till helgmiddag. Med konserverade persikor
och vispgrädde som efterrätt.

”Bio? Vem tänkte du gå med då? Och har du
pengar till det?”

”Mats ringde”, hade Monika sagt med is i
magen. ”han bjuder.”

”Vilken Mats?”

”Mats Gunnarsson. Hans pappa jobbar på
Bengtssons Mekaniska och hans mamma dog i
våras. Kräfta tror jag det var. Du vet väl vem
jag menar?” hade hon hasplat ur sig så snabbt
att hon nästan snubblade på orden.

”Mmm. Men du vet att du måste vara
hemma senast klockan tio. Skola på måndag
…”

Mamma hade redan varit tillbaka i kyckling-
grytans ingredienslista och Monika hade mer
eller mindre flugit upp till sitt rum. Det var
verkligen sant – hon skulle gå på bio med Mats
Gunnarsson!

Så långt hade allt varit bra. De hade setts
utanför Röda Kvarn vid halv sjutiden. Kön till
biljettkassan hade som väntat varit lång, men
de hade fått bra platser, och när mörkret
sänkte sig i biosalongen, hade Mats sökt hen-
nes hand och hållit kvar den hela tiden. Hon
hade innerligt hoppats, att han inte skulle
känna hur svettig handen var, men han hade

verkat vara uppslukad av filmen. Filmen, ja.
Inte var det mycket hon uppfattat. Tankarna
på varför hon satt här med den mest populära
killen i byn ville inte lämna henne. Var han
verkligen intresserad av henne? Eller var det
ett grymt skämt, som skulle avslöjas utanför
biografen efteråt?

När Mats frågat henne efter filmen, om de
skulle ta en fika på kaféet nere vid stationen,
hade hon osäkert tittat på klockan. Kvart i tio,
och det tog minst en kvart att gå hem. Utan att
hon visste hur hon vågade, hade hon frågat om
de inte kunde ta fikat hemma hos henne. Att
komma hem för sent var i mammas ögon i det
närmaste en dödssynd, men hur hon skulle
ställa sig till att Monika tog med sig någon
hem, visste hon inte. Hon fick bara inte för-
störa det här med Mats, så det fick bli som det
blev. Blev mamma sur fick hon väl ta det. Vik-
tigast var att kvällen inte blev förstörd av att
hon som en liten barnunge måste passa en tid,
som i allas ögon säkert var en tid som passade
folkskoleungar bäst.

Mamma hade visserligen höjt på ögonbry-
nen, men hon hade faktiskt plockat fram kop-
par och satt på kaffet innan hon återvände till
tv-soffan. De nybakta kanelbullarna slank ner,
och när kaffet var urdrucket tog Monika med

sig Mats upp på sitt rum som den naturligaste
sak i världen. Ville inte att mammas långa
öron skulle höra allt. Det var som om bara vet-
skapen om att hon satt där i rummet bredvid
gav Monika tunghäfta. Med dörren stängd till
flickrummet kände hon sig mer bekväm.

De hade suttit på sängen och bläddrat i sen-
aste numret av Bild-journalen, som hade haft
ett flersidigt reportage från Elvis´ senaste film-
inspelning. På hennes röda transistorradio
hade Mats visat henne hur man fick in Radio
Luxemburg, och så hade han lagt armen om
henne och kysst henne. Hon hade känt ända
ner i tårna hur det kvillrade i kroppen. Härligt
men på samma gång lite farligt, så när han
trevande försökte knäppa upp b-h:n tog hon
bestämt bort hans hand.

”Det är okej”, hade han sagt och kysst
henne igen.

”Du är så söt och fin, så jag väntar gärna.
För vi ses väl igen?”

Med glädjen bubblande inom sig hade hon
inte fått fram ett ord utan bara nickat. Han
hade tittat på klockan.

”Du, klockan är snart elva och jag ska upp
tidigt i morgon. Kan jag ringa dej? Vi skulle
kunna ses nästa helg kanske?”

"Visst kan du det!" log hon, rätade till jumpern och följde med honom nerför trappan.

"Hej då!" hade Mats ropat in till mamma i vardagsrummet, och ett mumlande hade hörts till svar. Monika hade följt med honom till grinden. De hade kramats, en sista kyss och så hade hon gått tillbaka in igen.

Där hade mamma stått i hallen. Rasande med knutna händer.

"Vad menar du med det här!" hade hon skrikit.

"Det trodde jag verkligen inte om dej, men nu har du visat vem du är! Slampa! Tänk om pappa varit hemma ..."

Monika hade stirrat på sin mamma utan att förstå raseriutbrottet. Vad hade hon gjort för fel?

Men mamma hade fortsatt.

"Du är faktiskt bara femton år och går i skolan fortfarande. Hur kan du överhuvudtaget tänka på att bete dig som en ... en ..."

Mammas röst hade stockat sig av ilska.

"... slyna, slampa. Ja, jag vet inte vad jag ska kalla det! Här tar du med dig en vuxen pojke upp på rummet och ägnar dig åt orgier som du verkligen borde hålla dig för god för!"

Monika hade stått som fallen från skyarna.
Vad menade hon? Var det så farligt att pussas
och kramas lite?

”Jag såg nog hur skrynkligt överkastet var,
och så hade ni satt på musik så att ingenting
skulle höras! Går du och blir med barn får du
minsann sköta det själv. Jag tar min hand
ifrån dig.”

Plötsligt hade det gått upp för Monika vad
det var mamma pratade om, och hon hade
känt en oresonlig ilska växa inom sig. Hon
hade visst vetat hur pryd mamma var, men nu
hade hon passerat en gräns som inte gick att
acceptera.

Utan ett ord hade Monika gått ut, inte ens
slängt igen dörren. Bara gått. Ilskan, besvikel-
sen, förödmjukelsen hade gjort så ont.

Regnet hänger i luften, och hon drar ihop
koftan om sig. Kylan och mörkret ser hon inte.
Sitter i den fuktiga mossan vid bäcken under
silverpilens långa grenar. Hon lägger inte heller
märke till skuggan av en man borta vid vägen.
Han kommer närmare, och först när han står
alldeles intill henne lägger hon märke till ho-
nom. Tittar upp. Förvånad.

”Vem är du? Varför står du här?” Hon kän-
ner inte igen honom.

Han säger ingenting, tar bara bryskt tag i henne.

Monika kommer inte hem i kväll.